蜉蝣人之歌

紀州人 著

博客思出版社

飛翔邊緣之角落。凝視小人物哀愁

序紀州人「蜉蝣人之歌」

江明樹　撰

認識紀州人，是突然也是偶然，雖為臉友。因推薦玉里一位中醫師。也沒有非見面不可的必要。

友人小胖自高雄來，因要看「六十石山」金針花季，順便開車載我到布農部落看中醫，準備回程卻在半路上拋錨，一位好心的外省退休老師引路，我們到玉里保養廠待料等候，時間還有，我就冒然去電邀淯豪過來。我的理由是介紹我認識張醫師，從壽豐到玉里有一段路程，帥哥紀州人露露臉給人瞧瞧總無妨吧！

紀州人，本名張洧豪，台南人，彼時準備地方政府四等地政特考，頭一次考地政士沒中，更加努力全力衝刺備考，讀到兩眼牽血絲，沒眠沒日的苦讀，希望能再標中的。我帶友人遊山玩水兼看病，沒有要怎樣？在臉書，厲害的人不少，虎龍豹彪也有，如果用心揀選也能交到志同道合的友人。

哈哈！紀州人比我兩個小孩還年輕。據說未認識我之前只在報紙副刊登兩篇，之後迷上寫作，在考試與寫作之間居然取得某方面的平衡。一直讀一直讀那枯燥無味的地政特考書，有時也有讀不下去的鬱悶，透過書寫能夠分散一些壓力，也抒發某些鬱卒情緒，後來感覺這樣調劑調劑極讚，遂像抽菸般上癮了。於是追求文學藝術性，在散文與現代詩中左右開弓，頗有馳騁沙場的歡暢，如在副刊刊載後的斬獲，又有刊登領到稿費的喜悅，於是，越寫越勤了，欲罷不能。我們翻讀紀州人收錄的佳文。

「花季」

「花開的時候，我喜歡上山賞花，即使人潮洶湧，我也是跟著騎著速克達上山，順便拍拍照，做個紀念，也做個紀錄，看今年的金針花與前些年比較起來，哪個漂亮。」

花蓮台東的金針花季，吸引人山人海往山裡跑，作者趕著大看時上山觀賞，以免逾時不候，年年如此。作者由西部到東部，為考試拼命苦讀。但終要利用閒暇去觀賞，已有前一年的經驗，自然比較兩年好看程度。我們再看：「花季的時候，除了農人要忙著採收花苞，他們同樣也是忙著在山上賣小吃，吃的東西難不倒他們，章魚燒媽媽在山上賣的是炸金針、南瓜、地瓜等，葷素皆宜，而芭樂兄賣的是油水足夠的鐵板金針烤肉、金針香腸、米腸等；每天，他們在天色還沒大亮以前就已經在山上就定位，人潮流入的時候，能聽見：「炸金針、南瓜、鐵板烤肉、金針香腸⋯」。

在攤販吆喝聲此起彼落的六十石山，前一年的習慣，看認識攤販購買，不免如數家珍般「炸金針、南瓜、鐵板烤肉、金針香腸⋯」，遊客們多麼秀色可餐呀！也替商家攤販帶來商機的有利可圖，作者有心替攤販敲敲邊鼓，能賺到錢的時刻只在花季盛開時撈一筆，再辛苦都要拼經濟。

「良鎮咖啡館」

「他的咖啡是自己烘焙，把來自世界各地的咖啡豆集合在老房子裡，房子裡有個幾張桌椅與書櫃，書櫃上擺著與咖啡有關的書籍，店門口沒有招牌，要從網路上查臉書，才知道這個裝修後的老房子叫做良鎮咖啡館」。

此文，良鎮是我好友，美濃人，在旗山就學得烘焙啡煮咖啡的技術，喜歡台東靠海邊的風景，便搬家當移民過來東部發展，然後靠賣咖啡落地生根。我早認識他，遂介紹此書紀州人捧場，去了一次，其咖啡的撲鼻美味說服力，遂有空會再前去光臨品嘗，良鎮高手，拉花也難不倒他，已成他休閒的一部份，越來越熟，也成了紀州人推薦友人的店家之一。

「老闆，我們要喝咖啡！」。

「等我一下，我再抽個菸，剛好休息中，忙了一上午。」。

不急，喝咖啡的人不會急躁，在這個秋日的午後，親近太平洋的浪潮，親近同樣來自異鄉的移民，親近一杯咖啡，咖啡裡可能還有首詩的味道，您嘗過嗎？

長濱鄉，幾度來訪，作者之筆以日常化帶領讀者細膩玩味年輕老闆的風格，這個東吳大學中文系的美濃客家人，談吐不俗，而且會寫意境頗佳的現代詩，只是低調謙虛的他不愛表露罷了。此文作者表現閒適的一種優雅，足供讀者回味。

「粗工的春天」

「看著車窗外的風景不斷前進，從陌生到熟悉，心跳也跟著加速，多久沒有回家了？這次工程結束了，希望可以留在故鄉工作，啊！這個願望，我想了多久？細漢仔剛出生沒多久，為了奶粉錢，放下故鄉的一切，鬆開抱著美金的雙手，開始跑工地的生活，有一首陳雷的歌叫做：「為錢走天涯」，真正唱出我的心聲。」

小人物的歡樂與哀愁，有一點小滿足就是小確幸，展顏歡笑，認為老天爺待一家人不薄，肯做認命為營生奮鬥，粗工，粗工工作辛苦，苦頭流汗吃力，日日為生活之資拼搏，只圖一家人能吃飽，我們再看：

飛翔邊緣之角落。
凝視小人物哀愁

「爸，歡迎回家……。」

「乖，活像個小大人，不在的時候媽媽靠你照顧了呢！」

……………………

「差點忘記，這期的註冊錢，已經匯到戶頭了，還有啊…工頭跟我說最近公所要招考割草工，我想要去試試看！如果有機會被錄取，就可以每天吃你做的便當了啊！假日還可以一起去逛大賣場……。」

作者輾轉細膩把孩子與父親的親情互動，溫情柔軟的家庭生活加溫，讀者更領略一個粗工靠勞力攢錢，尤其在這低薪與外勞搶飯碗的時代，無法摸洋工的，指派下來的工作都是硬碰硬，但是下工與休閒的日子與家人小孩的互動成為粗工父親的娛樂，作者傳達這樣的溫馨情懷，讀者跌入真實美好的況味中。

「情味」

「經過中山路，看著沿街的玉里麵招牌，再繞過鎮中心的圓環，繼續往前走，有越南小吃、江蘇小吃……十字路口左轉，車頭前進的同時，鼻子聞到香味，耳朵聽到的是炒鍋的匡噹聲，迎接賓客的招牌寫著：中泰小吃。

掌杓的是位廚娘，正在和她眼前的螃蟹交戰，眉開眼笑的與熟客聊天，無暇顧及我們進店的身影；貼在牆上的菜單：泰式燴飯、海鮮麵、炒打拋豬肉、炒螺肉、炒牛肉、蝦餅……，竟然有十數種料理，互相點了頭以後，決定先吃個燴飯和海鮮麵！」

筆者與作者多次在「中泰小吃」用餐，於是我也跟老闆與老闆娘熟稔起來，幾次吃飽了，還跟老闆與老闆娘聊天。紀州人每有發表「中泰小吃」，必傳我先睹為快，文章寫熟而人情熱，哈！我到玉里，紀州人不說，我也指明「中泰小吃」，去玉里住旅館，我就去品嚐佳餚，我必吃蝦球，超合我這南部人口味，許多人都知道我愛微甜的肉羹，不甜不開心，操廚老闆娘沒交代也能煮出愜意的美味。

飛翔邊緣之角落。
凝視小人物哀愁

「這也太多了吧！蝦子、小卷、文蛤……。」

「我這盤泰式燴飯，豬絞肉、茄子、高麗菜、四季豆……。」

「我們被這樣豪邁的份量嚇到，味道也是一流的，海鮮麵的湯頭，似是以熬製好的高湯，待客人點單後，再投入白蝦、文蛤等，最後加入麵條吸附鮮味，吃來特別鮮爽；泰式燴飯是以豬絞肉為主角，季節時蔬為配角來拌炒，佐以泰國打抛葉來增香，加上爆香過後的洋蔥、蒜碎及些許的辣椒末，十分帶勁。」

總之，紀州人帶路，「中泰小吃」是咱們的正字標記，如假包換。「情味」就意味著濃濃的人情味，吃美味，享受老闆與老闆娘和氣笑咪咪的臉龐，兩人矮墩福泰爽朗的溫暖，在在讓用餐成為一種藝術美食的享受，有種樂不思蜀的感覺。

「站在一旁，看著老闆娘，一手抄起鐵鍋放上爐台，一手抓起蒜碎、辣椒末、洋蔥爆香，再置入絞肉，一大匙又一大匙，文蛤也放了幾顆，茄子、四季豆、高麗菜、紅蘿蔔絲，爆炒過後，再加入打抛葉翻炒……」

紀州人有丙級執照，在宜蘭花蓮，我聽詹明杰與他報馬仔，幾乎沒有讓我失望過，都是美食。作者表象記錄他們的喜怒哀樂，事實上筆下小人物，是他最關心的題材，如市井小民，租店面，擺攤販，賣飲食，賣冷飲，賣烤地瓜，手工藝品，沒有生意是連店租都租不起。他同情心必起，筆鋒帶感情來描述他們困境，恨不得跳下去幫他們扛起來，這是紀州人的同情心，才是苦民所苦，而他只是地政事務所裡的小職員。他只能藉小筆來描摹他們，寫出他們的心聲。以下這篇散文，則是另類：

「輝叔的達可達」

「三陽達可達50，是輝叔的驕傲，驕傲的他常騎著到處趴趴走，一會跑鬧區，一會跑濱海公路賭香腸，好不愜意的生活啊！不過，專屬於二行程機車的黑煙，倒也成了他的招牌氣味，陳年的消音器，也早已故障，所以，只要聽見轟隆隆的聲響，伴隨著機油煙味，大家就知道：輝叔來了！

輝叔，年歲已過六旬，單身未婚無交往對象，當然也沒有子女，兩袖

飛翔邊緣之角落。凝視小人物哀愁

清風好揮舞，身畔無牽無掛心的日子是這樣的單純率真，看似好幸福的他，其實在幾年前因為一場車禍，導致他無法像一般人一樣站直，要他立正站好是不可能的，站穩三七步的姿勢已是最佳表現，但卻也因此讓他通過身障鑑定，領得輕度身障手冊，每月靠著補助津貼過活，雖然不多，在省吃儉用之下，偶爾還能攢幾枚銅板去賭一下香腸。」

這篇輝叔散文是傑作，從一開始傳看，前兩段的描寫就是神來之筆。如黃春明「鑼」憨欽仔，王禎和「嫁妝一牛車」阿發仔的描寫，紀州人刻劃的栩栩如生，就像兩位名作家人物的手筆，一點也不遜色，引人入勝。

「好天氣，好心情，輝叔今天喝喜酒，隔壁芳鄰家中長女要出嫁，在社區活動中心辦八十桌流水席，有酒有肉還有菜，敬了一杯酒，吃了蹄膀肉，又塞了幾隻紅蟳來打包，跨上三陽達可達50，朝著返家的路程進發，騎著騎著，家門就在眼前時，冷不防從巷口衝出一道紅色閃光，定睛一看，原來是警察正揮舞著紅旗桿，要輝叔熄火停車受檢。警察先生板著一張黑臉要輝叔把證件拿出來，還要求輝叔吹酒測儀器。

輝叔這時慌了：『大人啊，我才喝一杯啤酒，我不要酒測啦，我家住前面而已……。』

『你不要測也可以，在這裡簽名，我就放你走。』

看著客氣起來的警察先生，輝叔不疑有他的簽名畫押，誰知道接下來，警察抄出螺絲扳手，開始拆三陽達可達50車牌，在驚訝的同時，警察先生冷冷地說：『因為你拒絕酒測，所以罰款九萬，吊扣車牌及車輛，走回家吧！』這下輝叔的驕傲沒了，還多了張九萬元的罰單。

……………

轟隆隆的引擎聲再度響起，排氣管竄出了黑煙………………」

結尾這樣處理。全文起承轉合的層層扣入，文字描述充滿閱讀魅力，一氣呵成絕無冷場，有一種滑稽般的小丑樣態的風趣，其情可憫，但脫線般的隨隨便便，有些驕傲有些張狂，但開單罰巨款則又哭喪著臉，生命之重難以承擔，英雄變狗熊的一幅給人好看，但倒楣是自己，面對自己的糊塗闖禍的沮喪，還要動用里長里幹事處理事宜。這是作者代表作無疑惑。

飛翔邊緣之角落。凝視小人物哀愁

紀州人完成這一本散文集「蜉蝣人之歌」，顧名思義，蜉蝣人的蜉蝣人生，絕大部份都在社會角落掙扎生存的人。其關懷點都擺在此，表現真善美的人生事象，沒有掩飾的直抒自己的觀察與記錄，光憑這一點，筆者不揣淺陋的推薦這本新書。

目錄

輯二、你，看見嗎？ 41

輯四、悄悄話 115

輯五、紀州人 125

輯一、蜉蝣人之歌

肺結核先生

那是個不算晴朗的午後，陽光曬在幾朵烏雲之後，這時，里幹事還在區公所的辦公桌上忙碌著文書作業，通常下午時光里幹事是必須要下里服務民眾，並收集輿情反應上級，作為制定政策的參考，但這陣子由於暴增的社會福利申請案件，導致里幹事下午還是坐在區公所內審查民眾的社會福利申請案件之書表文件是否有遺漏缺失；這時候，一位中年男性緩緩地步入區公所內，沒有人向他打招呼，他戴著口罩，公所的員工們各個都低著頭忙碌著自己的工作，單一窗口也早已被等候詢問的民眾佔領，中年男子便這樣緩緩的走近里幹事詢問道：請問你是永生里的里幹事嗎？這時里幹事放下手上的文件，抬頭看了看中年男子，只見活性碳口罩緊緊的罩住他黝黑又斑駁的面容，僅看得見他無神又無助的雙眼，這是他們第一次見面時的場景。

中年男子姓林，單名土，里幹事稱他為阿土，這樣稱呼比較親切，阿土到區公所是為了替自己申請補助，由於他患有肺結核，所以才戴著口罩，他持有公立醫院的診斷書，證明自己是肺結核病人，也持有國稅局開立的財產所得證明，證明自己無財無產，他的學歷不高，只有國中畢業，但阿土常說那是寫好看的，其實自己只有國小畢業，大字不認識幾個，肺結核是不小心被傳染的，早些時候比較嚴重，被衛生所居家隔離，每天都有公衛護士送藥送便當給他，現在病情漸漸緩和，才能夠出來替自己爭取一份補助！

里幹事面對阿土的申請案，在心中嘆了很長一口氣，因為申請社會救助是非常不容易的事情，尤其阿土的條件，他才50多歲，未婚單身沒有子女，財產與所得資料雖然都是查無資料，但是，在法令上阿土有工作能力，雖然罹患肺結核，但是診斷書上醫師沒有簽註無法工作的字樣，在里幹事的權限內，無法蓋章核准阿土通過初審，即使里幹事以特殊個案送件上呈，亦將被駁回！可憐的阿土，到底該怎麼辦才好？雖然很遺憾，但里幹事還是得送出阿土的申請案，雖然他明知道會被駁回，但是不可以拒絕民眾的申請，這是職務上的義務！

過了兩週左右，阿土手上拿著申請駁回的函覆公文又來到了區公所，因為看不懂裡面寫什麼，他跑來請教里幹事，里幹事很無奈地對他說，申請案件沒有通過的理由，但阿土越聽越著急，他說他已經好幾天沒吃飯了，他拉著里幹事的手，邀請里幹事到他的住處探訪，拗不過阿土的邀請，里幹事只好跟著一起上路，這時里幹事才發現，阿土沒有交通工具，他是徒步走了數公里路到區公所洽公……

阿土的住處相當簡陋，在一處僻靜的小巷弄之中，沒有瓦斯，沒有衣櫃，只有一張破舊的單人床，上面鋪著破棉被，不曉得他該如何過冬，在里幹事眼裡他是個真正需要社會救助的個案，案情十分簡單，他沒有辦法生活，沒有親屬可以接濟，也沒有辦法立刻找到工作來餬口！當下，里幹事立刻與最近的公益團體聯繫請求協助，好在公益團體也立即派社工員來訪視，暫時解決了阿土的燃眉之急。

事件告一段落後，里幹事將阿土的事情陳報給里長知悉，里長卻淡淡地說他知道這個人，還說阿土在飢餓時，會去超商偷東西吃，這一點他也很莫可奈何，畢竟連區公所都沒辦法給他救助，里長那裏當然也是沒辦法為他多做些什麼！

社會救助，建立在公平的原則上，但立法總有疏漏，雖然留有特殊個案委由機關認定，但公務員礙於圖利之嫌，無法以特殊個案之條件來從寬審核，常引來需要幫助的民眾總是得不到救助的負面批評，而這是當前無法解決的困境。

後記：

這個故事發生在農曆年前，在過年的前一天，里幹事休假，跑去阿土的住處探訪，阿土告訴里幹事：明天要過年了，身上都沒有錢，可以請你包給我一包紅包讓我帶著過好年嗎？這時，里幹事緩緩的從口袋中掏出，一封寫有恭賀新喜字樣的紅紙袋，裡面包了個小朋友，對阿土說：新年快樂！

《更生日報》副刊，2016/01/24

罔市嬤的葬禮

冷鋒，伴隨著東北季風南下，是冬季的夢靨，在等不到春曉的鐵皮屋裡，有一朵花，正緩緩地凋謝，在沒有人知道的同時，謝幕……有些生命便是這樣的孤獨，如罔市嬤。

罔市嬤是個獨居老人，獨自住在鐵皮屋裡，平日以做環保回收事業維生，並靠著每月的低收老人津貼補助，生活還算過得去，加上里鄰長都很關心她的生活起居，固定每天會從關懷照顧據點送餐過去給她，順便問候她的日常，但在那天晚上，當里長送完晚餐後，這一切都已畫下句點。

那是個寒流來襲的冬夜，刺骨的寒風扎人，冬令救濟的棉被還來不及溫暖罔市嬤的體溫，卻成了她的包裹；翌日，冷颼颼的早晨，照例送餐的里長敲著得不到回應的鐵門，他奮力推開門把，只看見罔市嬤安詳的睡臉，卻再也搖不醒她，這一天還是來臨了嗎？為什麼這麼早？

其實，罔市嬤有三名子女，兩個女兒已出嫁，兒子離鄉多年，經查三人生活都不是很好，僅能勉強度日，並且也從未關心過罔市嬤的生活，其中的細節無人知曉，只知道她的子女似乎只是存在於戶籍謄本上而已，實際上她長年獨自生活，獨居在窳陋的鐵皮屋裡，最後在寒風刺骨的冬夜裡孤獨卻安詳的辭世。

「您撥的電話將轉接到語音信箱……」里長接連撥了幾次電話，卻怎麼樣也接不通，通知罔市嬤的子女來辦理後事，似乎是難上加難，唯一聯繫到的小女兒表示她沒有能力支付葬禮的費用，也沒辦法請假過來出席，言語中帶有陰暗的幽怨，顯見嫌隙之深，深可露骨的恨意切斷了親情的聯繫。遇到這樣的情況也只能認栽，況且罔市嬤現在還躺在殯儀館的冰櫃裡，總不能就這樣拖下去，那裏很冷，因為這樣的想法，里長便開始籌畫罔市嬤的葬禮。

罔市嬤的辭世，在地方上引來不小的波瀾，有咒罵她的子女不孝的聲音，也有讚賞里長一肩扛起葬禮的美言，更有欲捐助棺木的善心湧入，這些心意將里辦公處擠得水洩不通，這下，葬禮的支用花銷俱足了，可是最重要的子女，卻一直沒有再次聯絡上。

深沉的遺憾，遺憾的是親情的繫絆卻敵不過人情的浮沉，沒有人知道罔市嬤與子女之間的過往，沒有人知道為什麼罔市嬤獨居在鐵皮屋裡，早在16年前里長初當選時，罔市嬤已獨自住在那裏，平靜度日，那時候的罔市嬤才50多歲，還有能力做臨時工和幫傭，她不多話，但親切友善，見到鄰居會打招呼，總有人會問起她的婚姻與家庭，不過總是被微笑帶過，日子漸長，街坊也適應她的形單影隻。

直到罔市嬸到達65歲可以申請低收老人時，已連任第四屆的現任里長才知道她有子女，只是一直沒有聯繫，又礙於情面與隱私，里長沒有追問下去，這個謎題就一直存在著，直到罔市嬸辭世，沒有解答，也不會再去追究原因，任憑他人去解說吧！人走了，也都放下了！

葬禮當日，里長身披孝服，走在隊伍的最前頭，在陽光耀眼的大晴天，罔市嬸走完人生的最後一程，隨後安安靜靜的住進新居。

《更生日報》副刊，2016/05/25

油菜花的心事

「油菜花」，你對我說過，這是女人的花，花香像我的味道，道盡了咱們家。家呀家，當年我們相識時，你說你剛退伍在做工，我說我在鳳凰花開時離校，一場電影的票根牽起我們的緣分，分不開也離不開，從此你住在我心底，心底的你也有我，這是你給的承諾。

等啊等，盼啊盼，好不容易你來了，日日春也開花了，爸爸說你體格好，媽媽說你胸脯厚，我在門簾後，看著你們一杯茶又一杯酒，手帕都濕了，你知道嗎？那時我好開心，因為自己要嫁人啊！

婆家、娘家相距好幾個縣市，國光號要坐好幾個小時，我還是硬著心，初二才回娘家一趟路，硬是要跟著你，你也是牽緊我的手。你還記得嗎？老大出生時，你還在努力為家庭打拚，家裡只剩我和媽，媽緊緊牽著我的手說：「媳婦啊！感謝，感謝妳！肚裡有口氣！」看到金孫時，媽媽開心得笑呵呵。

老二老三出世以後，你的身體好像都分給孩子們，看著你常咳嗽，你老說可能要生下一個了，那時也不曉得身體狀況如何，只知道要拉拔孩子，我們一起到工地磨石子，鷹架也是扛著架設……看著孩子們，再想起爹娘，只能吞忍生活裡的苦楚。

那天我記得你躺在床上說愛我，我在床邊說愛你，你累了想閉上雙眼，眼角還有一點淚珠，滴到我心頭。「你還記得頭上的髮釵是你送給我的見面禮嗎？」我問你心裡還有話要告訴我嗎？你只是微笑以對。

生活以外還要憂煩註冊，爸爸走了，媽媽身體也不好，你只是笑笑，我知道你的心意；身邊有你當依靠，我不擔心，這是愛你的代價，我的心裡守著你給的承諾，生命裡裝滿你！

《青年日報》副刊，2017/02/13

輝叔的達可達

三陽達可達50，是輝叔的驕傲，驕傲的他常騎著到處趴趴走，一會跑鬧區，一會跑濱海公路賭香腸，好不愜意的生活啊！不過，專屬於二行程機車的黑煙，倒也成了他的招牌氣味，陳年的消音器，也早已故障，所以，只要聽見轟隆隆的聲響，伴隨著機油煙味，大家就知道：輝叔來了！

輝叔，年歲已過六旬，單身未婚無交往對象，當然也沒有子女，兩袖清風好揮舞，身畔無牽無掛心的日子是這樣的單純率真，看似好幸福的他，其實在幾年前因為一場車禍，導致他無法像一般人一樣站直，要他立正站好是不可能的，站穩三七步的姿勢已是最佳表現，但卻也因此讓他通過身障鑑定，領得輕度身障手冊，每月靠著補助津貼過活，雖然不多，在省吃儉用之下，偶爾還能攢幾枚銅板去賭一下香腸。

好天氣，好心情，輝叔今天喝喜酒，隔壁芳鄰家中長女要出嫁，在社區活動中心辦八十桌流水席，有酒有肉還有菜，敬了一杯酒，吃了蹄膀肉，又塞了幾隻紅蟳來打包，跨上三陽達可達50，朝著返家的路程進發，騎著騎著，家門就在眼前時，冷不防從巷口衝出一道紅色閃光，定睛一看，原來是警察正揮舞著紅旗桿，要輝叔熄火停車受檢。警察先生板著一張黑臉要輝叔把證件拿出來，還要求輝叔吹酒測儀器。

輝叔這時慌了：「大人啊，我才喝一杯啤酒，我不要酒測啦，我家住前面而已……」

「你不要測也可以，在這裡簽名，我就放你走。」

看著客氣起來的警察先生，輝叔不疑有他的簽名畫押，誰知道接下來，警察抄出螺絲扳手，開始拆三陽達可達50車牌，在驚訝的同時，警察先生冷冷地說：「因為你拒絕酒測，所以罰款九萬，吊扣車牌及車輛，走回家吧！」

這下輝叔的驕傲沒了，還多了張九萬元的罰單。

哎呀！我怎麼這麼糊塗啊，被警察陷害啦，輝叔懊惱的嘆了口氣，隔天一早，他跑去找里長商量該怎麼弄回他的達可達，順便請教繳不出罰單的他，每月補助金是否會被強制執行？看著面容枯槁的輝叔，里長也莫可奈何，只得打電話給里幹事，看看能不能幫忙輝叔。

後來在里幹事不斷的詢問之後，得知輝叔的車被扣押是正當程序，警察並無執勤過當或不法的疑慮，而社會福利的補助款依法不得強制執行，而罰款的部分，可以到監理站辦分期繳納，不過得先繳付部分金額，聽到這裡，輝叔的臉才又有了血色，至少他的生活與他的驕傲，還回得來！

領車時，輝叔深深地嘆了一口氣說：「人啊，老實也不好，瀟灑也不對，六十多歲的我啊！終究還是只有一台達可達。」

轟隆隆的引擎聲再度響起，排氣管竄出了黑煙……

《更生日報》副刊，2016/07/16

顧厝的女人

颱風登陸前的午休時光，熟悉的店招牌剛卸下來，提早打烊，在縣府公布停班停課訊息以前，風雨已開始增強，我走在街上，看見路上的行人們正擠進大型購物商場。

我手中的雨傘，被風吹的搖來晃去，雨水撒在我的肩上、背上，路面的積水濺起，把我的褲管給染成深色的，抬頭遠望，發現有家餐館還在營業，廚娘正忙進忙出，張羅客人的餐點。

店裡牆上貼著兩種菜單，一種是早餐的菜單，上頭寫著：漢堡、蘿蔔糕、吐司……等等，一種是午晚餐的菜單，上頭寫著：炒飯、炒麵、排骨飯、焢肉飯、貢丸湯等等，看起來像是全天營業的餐館，只是環顧四週，老闆娘沒有幫手，只有她一人負責料理、收銀與桌面。

「以前沒見過你，是第一次來成功嗎？今天有颱風耶……」

點餐以後，廚娘開口問了我是不是遇到颱風的外地遊客，隨後我們便聊了起來，也才知道她確實是獨自一人開店，她的先生和小孩都在外地工作，這店面是他們的家，放餐桌椅的是大廳，大廳內側的牆壁上掛著全家的照片，照片裡的人們嘴角微微的上揚。

外頭的風雨越來越強，新聞報導了縣府決定停班停課的訊息，用完餐的我拿起了雨傘，往街上走去，離開店面後幾步，我再度轉頭看著這家店，是兩層樓的建築，一樓開放空間做生意，二樓應該是臥室，不曉得廚娘一家都在何時上樓。

而關於廚娘的防颱準備，她笑著對我說：「難不倒我的，這個颱風小意思……」

下班以後，我開著車繞過去午休用餐的那家店，店門口已拉下了鐵捲門，二樓的窗戶隱約透出了亮光，那是在這場風雨中的寧靜。

阿春小吃店

清晨四點鐘，菜市場擠滿了人，為採買一天需要的食材，廚師、餐飲店東們忙碌的行程，已在清晨的菜市場裡展開，在大多數人都還沉浸在夢鄉中酣睡的同時，立志以服務大眾維生的人們，正賣力的吆喝著。此時，一台腳踏車輕快地駛入菜市場內，地板上的積水揚起，唧唧的剎車聲響……「老闆來十斤青菜！」原來是早市的常客，阿春。

盤商們都熟識她，一個帶著孩子的女人家，獨自在鎮上經營小吃店，爽朗又親切的笑容是她的註冊商標，手藝也是一等一，經常在採買青蔬魚肉時，就接到不少盤商與攤販們的午餐注文，對於在市場打拼的眾人而言，阿春的手藝是他們的招牌，招牌始於他們嚴選的食材，幫助阿春小吃店做出美味的料理。

阿春，兒子今年剛升國中一年級，她只有這個大兒子，別無其他兒女，先生大她九歲；本來期盼能靠著先生的胸膛，望著先生的肩膀度過幸福安穩的一生，誰知道童話只出現在故事書上，現實的窘迫逼得先生鎮日酗酒，酗酒的理由是在小鎮上的工作不穩定，生活無著，喝的是米酒，吃的是阿春的苦工錢，在大兒子出生後，壓力排山倒海襲來，終於在那天晚上……

「那天晚上，他的手舉起來，我的眼淚就流下來，大兒子睡得很安穩，還好睡得很安穩，什麼都不知道的迎接早晨……。」阿春是這樣對著家事調查官說的，為了孩子更為了將來，她東奔西跑，從偏僻的鄉下找到都市的律師，跪破了雙膝，好不容易爭取到孩子的監護權，也替自己掙來了獨立的機會；現實生活沒辦法壓傷她的意志，因為她知道，她要扶養孩子長大成人，這是唯一的盼望，盼望也來了堅定的信心，信心開拓了她眼前的道路，在不斷的努力之下，阿春頂下了一家小吃店，重新裝潢成「阿春小吃店」的招牌，自那天起，生活開始露出了曙光。

娘家，是阿春最難忘的溫柔記憶，只是遠在遙遠的國度，當時才20歲的她，戀愛的滋味都還沒熟透，就嫁給了先生，從遙遠的故鄉搭幾小時的飛機，降落在桃園國際機場，再轉乘數小時的火車到位在僻靜田間陌生的夫家，開始她的新生活，在陌生的異地，說著不流利又帶有腔調的國語，大家都知道她是外籍新娘，左鄰右舍有嘲笑她的，也有漠視她的，婆家的親友們更是惡毒的說：「阿春是花錢買來的，跟我家車庫裡那台老豐田一樣，二手了就沒價了。」冷嘲熱諷刺進阿春的心坎裡，但為了生活，為了美好將來的盼望，她都吞忍下來，肚子裡的小生命，才是她真正的信心所在。

天色漸暗，夜幕垂降了下來，阿春熟練的打開小吃店招牌的燈泡開關，看燈光驅散了黑暗，點亮阿春的幸福，這時從店門口傳來稚氣的聲音：「媽媽，我下課回來了！」。

《更生日報》副刊，2016/07/11

媽媽的高跟鞋

爸爸回家了以後，媽媽就開始早出晚歸……

記得，小時候媽媽都會在家裡準備三餐，餐廳到廚房的距離只有幾步路，我喜歡坐在餐桌上看著媽媽燒菜的背影，而父親都會在開飯時間準時到家，家的溫度，是熱騰騰的。

某天，爸爸突然提早回來，身上多了些酒氣，我知道那個味道，聞起來是米酒，跟做菜用的不同，雖然我那時候很小，是不懂事的年紀，但是我知道那個東西，那是鄰居在家門口擺上桌椅，抓一碗花生，配著喝的飲料，一瓶沒多少錢，他們都習慣在白天喝，晚上就睡覺；不曉得為什麼，平時不喝酒的爸爸，在那個時候，身上也有米酒的味道，這天夜裡，我記得我睡不著，媽媽也睡不著。

又過了幾天，我看見媽媽將她的高跟鞋收到鞋盒裡，又將她的洋裝鎖進衣櫃，她看見我驚訝的表情後，摸了摸我的頭說：「媽媽現在要出去賺錢，自己在家要乖！」隨後穿上了雨鞋，出門前又向我揮了揮手，那天，我等到晚上七點，媽媽才拎著飯菜回家，這是我第一次吃到媽媽從外面帶回來的東西。

我一直不知道媽媽去哪裡工作了，直到學校老師問我說：「你媽媽是不是在自助餐上班？我去提飯盒有見到她喔，她好厲害喔！老闆說她手藝很好……」或許老師是讚美，但聽在我耳裡只覺得諷刺，因為媽媽的手藝，是我們家的味道。

求學時所繳交的註冊費上頭都有些油漬，我知道那是媽媽的心意，那些油漬，是沒有辦法用眼淚洗乾淨的，也不是用蠻力可以搓掉的，更不是轉頭就看不見的！我只能數著日曆，盼望自己趕快長大成熟，擁有厚實的胸膛和肩膀；畢業後，我選擇離家去北部工作，當時恰逢一期稻作成熟時，收割機正從家鄉的稻田裡，刈下一分分的沙金。

離家時，沒有細緻的道別，因為我知道有一天，我會帶著媽媽到都市裡居住，那裏有更好的生活，媽媽也能夠重新換上高跟鞋，陪著全家一起去電影院看電影！

《更生日報》副刊，2016/07/06

粗工的春天

厝裡，有人在等我回去。

車票說七點才會到故鄉，手錶還是按照它的速度跑，坐在火車上的我，早按捺不住，皮包裡的照片，是我和美金與細漢仔的合照，放飯的時候我會配著吃，睡覺時我會塞在枕頭裡，對我而言這像是全家在一起的畫面。

看著車窗外的風景不斷前進，從陌生到熟悉，心跳也跟著加速，多久沒有回家了？這次工程結束了，希望可以留在故鄉工作，啊！這個願望，我想了多久？細漢仔剛出生沒多久，為了奶粉錢，放下故鄉的一切，鬆開抱著美金的雙手，開始跑工地的生活，有一首陳雷的歌叫做：「為錢走天涯」，真正唱出我的心聲。

到了車站，美金和細漢仔在月台前等我，我們三人都笑了。

「爸，歡迎回家……」

「乖，活像個小大人，不在的時候媽媽靠你照顧了呢！」

我走在中間，牽起美金與細漢仔的手，往家的方向走，我對美金說今天要吃湯圓，雖然不是冬至或元宵，但是一定要全家一起吃圓，圓這個團圓夢，夢裡的世界相信會由吃進去的湯圓來成真，這是小時候阿嬤告訴我的傳說。

「差點忘記，這期的註冊錢，已經匯到戶頭了，還有啊……工頭跟我說最近公所要招考割草工，我想要去試試看！如果有機會被錄取，就可以每天吃你做的便當了啊！假日還可以一起去逛大賣場……。」

厝裡，是溫暖的。

如果可以，希望人生不要有四季，我只想停留在春天。

《有荷》文學雜誌19期，2016/04/20

青鳥，請安息。

日曆，停留在那天，此後便逐漸泛黃。

那天以前，走在村裡，聽得見放送頭傳出你的嗓音，穿過田野，看得見你的身影，被村民簇擁著，微微上揚的嘴角，露出了喜悅的神情，不僅在你的臉上，也在村民的臉上，大家都認為，你是帶來幸福的使者。

桌上的記事本上頭，畫著密密麻麻的街道圖，當時是一步一步的，走了一遍又一遍，才慢慢完成的，末頁還標註著「根性」，我猜是「毅力」的意思。

當整理昨天的一切，才知曉我們對你的了解，只在淺淺的藍色。

如今，我重新回到村裡，見到三叔公抓了隻雞，向我問你，張大媽從皮包裡掏了幾張照片，託我拿給你看看，是否有中意的，要幫你做媒，還有好多人，都在找你，嘴裡念著的都是你的名字。

再見到你時，你已住在樓房裡，我看見你正笑著對我說：「加油！」

《更生日報》副刊，2016/09/11

公主與騎士

炊煙，不僅在日正當中的午時燃起，更多得是在夜空中的街燈下燃起，燃起的不只是攤車的想望，還有個故事，正在燃燒。

每回，只要我瞧見街燈下的小發財車正燃起陣陣炊煙，我都會想起那個人的背影，那是在夜裡街燈下忙碌的背影，背影拉得很長；他也有部發財車，只是他不是賣炭烤，他是賣木炭，賣的是供養炊煙的木炭。

初見面時，已經不曉得是幾年前，記得他會扛著一個米袋，公斤數我也看不清楚，只知道塞得滿滿的，形狀特別整齊，像個長方形，袋子上還看得見整齊的突起，要不是又看見他穿著染成灰黑色的汗衫，也很難想像原來他是賣木炭的，那次見面，已經是夜半三點鐘，恰好是我睡不著，溜出家門找消夜的時候。

小至街邊的發財車，大至鬧區的燒肉店，似乎都能夠見到他的身影，他總是駝著一袋袋的木炭，四處送貨並兜售，留下的不只是名片，還有汗水，以及那不變的註冊商標「炭色的汗衫」；我曾詢問過熟識的炭烤店老闆，對於他的評價只有讚，所以長期配合，據說他的木炭燒起來是「白裡透紅」，少有不完全燃燒的現象，比較起坊間木炭行所販售的，要強得多！

在另一個睡不著的晚上，我再度溜出家門，找熟悉的消夜時，再度遇見賣木炭的背影，只是這次的背影很短，仔細一瞧，原來他站在街燈下，注視著他手腕上的電子錶，又踱了幾步，才緩緩的上車；走近的時候，聽見炭烤攤的老闆，這時候正念念有詞的說：「平常都知道木炭的用量，最近幾天特別常來問要不要追加，現在生意又不是特別好……」

聽見老闆的微詞，我轉頭看了一下賣木炭的先生，他似乎還沒開走他的小發財車，車上還堆著滿滿的木炭，木炭的銷售是否關係到他的生活？這是我心底的問號，但是我也不敢開口詢問他人的生計，再仔細一瞧，他正趴在方向盤上休息，這時我才知道，原來他有戴眼鏡，眼鏡的金框正閃爍著光芒。

後來又過了些日子，當時我和同學們約聚餐，要去市區的燒肉餐廳享用吃到飽的服務，那時約的時間是晚餐時段，我比同學早到了一些，在櫃檯確認訂位時，我看見了熟悉的炭色汗衫，還有那金邊眼鏡的光芒，只是他身邊多了位穿著白色洋裝的小女孩，小女孩雀躍地拉著他的手說：「爸爸，我的生日好開心！謝謝你！」

《更生日報》副刊，2016/07/31

噘嘴女孩

你站在店門口旁邊的流理台，你的側臉，看得到噘嘴。

碗盤好像會長高的山，怎麼樣都洗不完，除非打烊，才有停歇的可能，你的手沒有抬起來撥弄過頭髮，因為你的手上沾滿了泡沫，你的手沒有停止過，除非你要去幫忙端菜。

端菜的時候，你要多做好幾個動作，先是洗乾淨正在流理台水槽內游泳的雙手，再來必須要擦乾，擦乾的還有額頭上的汗珠，以及顴骨上的水珠，然後再邁開大步，靠近爐台邊的不鏽鋼工作台邊，端上熱騰騰的菜餚，儘管有瓷製的器皿來隔絕熱度，卻也避開不了蒸氣的折騰，尤其是在這炎熱的夏天，這樣的洗禮是一次又一次的；所以，坐在餐桌上的我看著噘嘴的你，上菜。

我沒有感情，看著你噘嘴，看著這樣的你上菜，又冷漠地看著你回到流理台，繼續洗著碗，看著你的雙手沾滿了泡沫，看著你不時用胳膊擦著汗水，又看著你持續的端菜，打包，也看著你的母親，站在爐台與工作台邊，三百六十度的旋轉；菜單上沒有寫價錢，但是每位結帳的客人都帶著心滿意足的表情，踏出店門外。

你們家的名字叫阿喜，我本來以為是阿囍。

用餐到了尾聲，我才看清洗碗的你的脖子上有條金項鍊，金項鍊的款式和你母親脖子上的相彷，女孩阿，你曉得金項鍊上的盼望嗎？

《更生日報》副刊，2016/12/06

女兒的炭烤

小妹，老是在深夜回來，儘管她的腳步很輕，但我重聽的耳朵還是能聽見。

她阿，為了老人家，辭掉都市的工作回來鄉下，鄉下又能有什麼吃呢？姊妹們嫁人的嫁人，剩下小妹還在家，陪伴我這個老人家，大事都給延後了。

鄉下能有什麼吃呢？

小妹常在早市上穿梭，騎著電動車，拎著一袋袋的雞、豬、魚，活像個總鋪師，我說家裡也吃不了這麼多，她說多的可以給客人吃，看她站在廚房裡的背影，像極了她娘。

竹籤，串起了雞、豬、魚，也串起了一份期待，期待這樣的料理，能夠支持一家人的生活，從小妹的臉上，我看見這樣的盼望，儘管我的視線已模糊。

傍晚，我從窗口看著小妹把一箱箱的食材，搬到發財車上，上駕駛座以前，她還回頭向我揮了揮手，我在後頭看發財車的車燈亮起，排氣管竄出了煙霧，把我的眼眶燻紅了。

小妹，老是在深夜回來，儘管她的腳步很輕，但我重聽的耳朵還是能聽見。

她的身上有濃濃的木炭味兒，木炭味兒穿過了房門，穿過了思念。

《中華日報》副刊，2016/06/06

十字路口的玉蘭花

斗笠在十字路口的車陣中穿梭，燈號閃爍著青與紅的顏色，還有刺耳的喇叭聲，在汗水還來不及滴下來的同時，車潮已開始流動，手上的玉蘭花和夜來香，跟著斗笠一起退到分隔島上喘息。

對著搖下的車窗微笑，伸出一雙手來接過白色的花朵，花朵上有幾滴沁涼的水珠；晴天雨天，都能見到這熟悉的身影，他總是對著搖下的車窗微笑，也會對著緊閉的車窗招手，當車潮開始流動時，他會退到分隔島上，望著一輛輛疾駛而過的，揮手致意。

他的花很香，香味驅散了車廂內的煩悶；而沁涼的水滴裡有故事，故事說的是他如何維繫自己的日子，靠著這一朵朵的玉蘭花與夜來香，每天站在十字路口上奔波，站在分隔島上望著日出、日落。

《更生日報》副刊，2016/08/29

畸零地上的火龍果

台九線省道過玉長公路交叉口往富里方向，在右手邊的樹蔭下，停著一台小貨車，車上有幾籠子的火龍果，車上沒有攬客的招牌，只有一個老人家坐在樹蔭下，看著往來的車輛，看著籠子內的火龍果，火龍果園在省道旁邊，旁邊還有縣府特地建置的自行車道，兩條道路夾著果園，果園的形狀是狹長的，細碎的。

據說在從前，台九線省道還沒有決定要從哪裡經過的時候，樹蔭下是片水田，樹種在田埂上，用來辨識哪塊地是哪戶人家所有，後來，省道開闢了以後，水田的面積少了一大半，水稻的收成難以維持家計，於是有人轉業，有人往都市發展，田地便開始荒蕪，直到新的經濟作物被引進台灣時，舊時荒蕪的水田才又有新的利用。

眼前的老人家，他告訴我自己在年輕時離開家鄉打拼，幾十年過去了，終究還是回來故鄉，在這塊狹長細碎的耕地上種下了火龍果，火龍果現採現賣，有緣人會停下車，無緣人會疾駛而過，賣不出去的只能做肥料。

至此，我才更加明瞭，人與土地的繫絆；在火龍果的鮮甜中嘗到生命的味道。

《更生日報》副刊，2017/02/12

毛爺爺

有一種味道，吃過不會忘，有人說那是故鄉的記憶，也有人說那是家庭的記憶，我想說這一種味道是……童年的回憶。

日前，摯友推薦我一家麵店，招牌陽春乾麵甚是了得，說他吃的是盤底朝天，還來了兩三碗，務必請我前去品味，拗不過他的固執，便與他約定期日同行，特別的是這家麵店營業時間僅僅於晚間至午夜時段，挺有個性。

麵店沒有什麼醒目的招牌，也沒有特別的地方，第一眼的印象是尋常的小麵館，菜單只有幾樣簡單的滷味與麵點，我看著摯友邊點餐邊夾滷味又一邊對我說：「你的舌頭沒遇過紅螞蟻，等會你就知道！」。

乾麵，麵條是細麵，配上幾梗小白菜，上面鋪了些肉燥，仔細看，肉燥肥瘦相間，但沒有看到刀工的痕跡，猜測是以肥瘦相間的五花肉去絞碎出來滷製的；舉起筷子，從下而上仔細攪拌，香味化成煙霧，蒸上我的臉龐，喉頭下意識的吞嚥，嗯！肉燥香配上麵條的Q勁，還有這特殊的漢方味……這是毛爺爺的味道，錯不了，小時候住在外婆家時，巷口麵店的毛爺爺賣的就是這個味道。

小時候，每天下午都能看到左手拿著滷味，右手提著麵條的毛爺爺從巷口經過，他總是很熱情的向每位與他擦肩而過的人點頭致意，營業的空檔時間還會陪我們這群小孩子玩「官兵抓強盜」，他總是告訴扮演官兵的小朋友說：「官兵要有官兵的樣子，想當年我在蔣總統身邊時，那是……當年在台兒莊時……在古寧頭時……」，每次只要玩「官兵抓強盜」的遊戲，就有聽不完的故事，雖然常常重複，但還是精采絕倫，而毛爺爺的乾麵，是童年的記憶，而且有禮貌的小孩子他都會給得特別大碗呢！

隨著日子經過，小朋友們長大了，毛爺爺的年紀也越來越大，他的眼睛花了，街坊們說他常常找錯錢，還有人說看到毛爺爺懶得洗碗，直接用抹布把用過的碗筷擦乾淨，再盛上麵點給客人，害客人回家拉肚子，聽在我的耳裡，只覺得不可思議，但是毛爺爺的生意，是越來越不好，此時，在隔壁街有家新的麵館開張，還推出折扣促銷活動，我看到毛爺爺有偷偷過去關心，畢竟一直以來，只有他一家麵館在社區營業，又過了一陣子，毛爺爺的店結束營業，當時也不曉得他去了哪裡，直到我讀中學時，才又聽說毛爺爺搬去榮家住了。

吃著這童年的味道，喚回我的記憶，當年的「官兵抓強盜」、小碗價格的大碗乾麵，親切的毛爺爺，我知道你還在，在我眼前這碗麵裡，裡面有你的味道！味道很香，但可惜少了一點：「豪邁！」

《更生日報》副刊，2016/07/26

圍爐的心願

阿姨說你快回來了，阿嬤也這樣說，你有沒有騙我？

起床的時候，我沒有看見你的襯衫掛在衣櫃上，我以為你出門上班了，所以我也去學校上課了，放學回來的時候，我等了又等，飯桌上應該出現的飯菜落空了，那時，阿姨才推開門，從外頭端來了飯菜，只是少了雙碗筷。

她說，阿爸要去很遠的地方工作，會把錢寄回來，但是沒有辦法回來陪我們吃飯。

阿爸，很久以前你也這樣對我說阿母要去很遠的地方工作，會把錢寄回來，但是沒有辦法回來陪我們吃飯，今天，阿姨對我說阿爸你要去很遠的地方……但我相信你會回來。

阿爸，七月、八月、九月……正月了，你真的會回來嗎？

學校已經放寒假了，鄰居家的孩子們也換上了新衣，雀躍著圍著回家的長輩們，唯獨我們家，還是空空的，門前堆滿別人家的灰燼，那是燒完金紙後剩下的。

等了好久，門前才有了聲響，在唧唧聲裡，我猜過好多人的身影，抬頭一看才知道是阿爸您回來了，您的手掌放在我的頭上，可是我只覺得冰涼，或許因為是冬天的關係，您摸了摸我的頭，隨後走到廚房裡，我盯著您的背影。

一陣忙亂以後，我看見您端出了一碗肉燥麵，再看了看手錶，已經是晚上六點了，而今天正好是二九暝，我和您一起看著這碗肉燥麵。

阿爸，如今我們生活比較好了，我想回到當時，打顆蛋進去肉燥麵裡，您說，這樣好不好？在那個晚上，多打一顆蛋進去，我們再一起吃好不好？

《更生日報》副刊，2017/01/25

田邊的風景

當視線與稻穗平行的時候，我不只看見最豐盛的禮讚，更有一段藏在金黃色稻穗裡面的回憶，回憶裡有個小女孩她曾經這樣說：「我要回去向爺爺說不用種田也可以賺到錢了。」

不用種田也可以賺到錢，是阿，社會上有好多種工作可以選擇，何必一定要種田才賺得到錢，我心裡是這樣想著，看著小女孩天真的臉龐，再看看她手上的獎學金，她繼續說著自己的故事：「爺爺的田沒有灑農藥，我常常要去田裡幫忙拔草，但是秧苗和雜草長得很像，常常分辨不出來，腰也彎的好酸……爺爺常說要種田才有錢可以賺，我才有學費去註冊，家裡才有飯可以吃，可是種田……。」

小女孩說起自己的生活時，不知不覺將手上的獎學金抓得更緊了，我看見她手上獎學金的信封袋起了皺褶，下車時，我對她說了聲：「加油！」與她相識是在區間車上，那時我陪同內子帶著學生們一起去市區領獎學金，記得當時來回往返了一百多公里路。

如今，我再度站在開滿稻穗的田埂上，整理相機收進的美景，瞧見裏頭只有金黃的顏色。而同樣來欣賞美景的遊客，嘴裡還是說著好美！好美！拍完合照以後，便上了車，繼續他們的行程。

當視線與稻穗平行的時候，才能看見美景中的美景，那是收不進相機的風光。

《更生日報》副刊，2017/03/01

東北季風

他說，只有風浪，才能帶動澎湃的生命氣息。

腳下踏著的不是厚實的土地，是海上的鏢台，鏢台在船頭上啊！為什麼不會驚惶，船已經被風浪拍的搖來晃去，為什麼他還屹立不搖？是什麼樣的技術與經驗，才能造就這樣的背影？

掌舵的，聽著他的口號，一下往左，一下往右，到底目的地在哪裡？唯有那一瞬間，才看得見，原來，是旗魚的身影，在右舷還是左舷？又或者是腳下。

遠方的親人在岸上，他們可能還在廟裡參香許願，這時，勇者們已經在海上拚搏，為的是什麼？上岸後的拍賣價？還是家人親切的擁抱？又或者是能夠挺直胸膛坐在餐桌上享用熱騰騰的飯菜？

彼時，站在船頭上的勇者們，無法分心這許多，只能專注在當下，用銳利的視線掃描這無際的海洋，追蹤旗魚的尾鰭，將牠們的尾巴或是頭頸，烙下印記！那是屬於勇者的驕傲啊！

海洋，在岸上看是溫柔的，沙灘上的海浪是那樣的溫柔，可以允許您去踩踏，但上了船，出了港，剩下的只有回航時，那還矗立著的燈塔，是唯一的庇護啊！

每當我瞧見東北季風吹起的長浪，我都會想起，在海上拚搏的勇者們。

《中華日報》副刊，2017/03/13

花季

金針花開的時候，也是收成的時候，在六十石山上有些人，每年都會上山採收。花開的時候，我喜歡上山賞花，即使人潮洶湧，我也是跟著騎著速克達上山，順便拍拍照，做個紀念，也做個紀錄，看今年的金針花與前些年比較起來，哪個漂亮。

今年上六十石山時，我先上了市場買了幾個鳳梨，準備帶上山去，給我認識的兩個朋友，兩個朋友一同在山上擺攤，而攤位前擺幾個鳳梨，據說能夠讓他們的人氣滿分；平時，兩位朋友分別在賣芭樂和賣章魚燒，賣芭樂的外號叫「萬能兄」，賣章魚燒的暱稱是「章魚燒媽媽」，章魚燒媽媽做生意的時候會帶著自己剛上幼稚園的小兒子；（他們兩人一起做生意，但營收損益是分開的，這話要先說，不然很多人會誤會他們是夫妻）。

花季的時候，除了農人要忙著採收花苞，他們同樣也是忙著在山上賣小吃，吃的東西難不倒他們，章魚燒媽媽在山上賣的是炸金針、南瓜、地瓜等，葷素皆宜，而芭樂兄賣的是油水足夠的鐵板金針烤肉、金針香腸、米腸等；每天，他們在天色還沒大亮以前就已經在山上就定位，人潮流入的時候，能聽見：「炸金針、南瓜、鐵板烤肉、金針香腸……。」在攤販吆喝聲此起彼落的六十石山，就屬他們的聲音最宏亮。在太陽逐漸西沉的時候，同時是人潮逐漸散去的時候，這時他們才願意緩緩地收拾打包，直到月亮升起，星星亮了的時候，才慢慢地摸黑下山。

偶爾，萬能兄會邀請我在傍晚時分上山，到山上陪他喝一杯！他常說：六十石山的風景在晚上最好！爬到最高點涼亭上，吹著夏天的晚風，來上一壺生啤酒，一起看「地上的星星」；不過，每回當他這樣說的時候我都沒有聽進去，因為通常他都是在喝完阿比混啤酒之後，才會叨念著「地上的星星」。

看了幾年的六十石山的日景後，想起萬能兄說的「地上的星星」，與內子相偕在傍晚朝山上出發，我們一路摸黑上山，蜿蜒的山路在夜裡更崎嶇了，在山頂上山腰上的民宿此時仍有亮光，有少許遊客拿著手機低著頭散步，好像是在抓「寶可夢」。最後，到達最高點涼亭下方，停妥車輛，我們夫妻一同登頂俯瞰，看見山下的燈火，一顆一顆閃爍著紅色的、黃色的、銀白色的亮光，一點一點的構成了一條長長的流向遠方的星河……「地上的星星」是真的。

《中華日報》副刊，2016/10/09

輯二、你，看見嗎？

老人家的眼

他說：「看著開滿稻穗的水田，心裡就舒服。」

搭乘從台東發車的太魯閣自強號，遇見一位老人家，老人家保養得很得體，看不出來他的實際年齡，他的眼睛有深深的輪廓，尤其是那深邃的雙眼，他很自豪的說：「眼睛，是我們族人的特徵。」

他說，故鄉在玉里鎮的春日里，那邊有塊地，還在耕種。

老人家看著車窗外的田野，有點感慨的說：「前幾年，親戚把水田賣給外地人，那是祖先傳下來的地，可是留著也是片荒蕪，年輕人不懂怎麼耕耘了。」

「有塊地，都市住不下，還能夠回家。」老人家嘆了口氣。

「從瑞穗以下到台東，是最美麗的鐵路線，兩側都看得見稻田。」，他再指了指沐浴在夕陽下的金黃，又嘆了口氣。

沿路，他對我說了好多次：「看著開滿稻穗的水田，心裡就舒服。」

直到列車到達玉里站，他才對我揮了揮手說再見。

我一直認為他那雙深邃的眼睛，似乎能夠看穿這個時代的悲哀。

這份沒有人懂的悲哀。

《中華日報》副刊，2016/07/29

角落

三點半，土地銀行拉下鐵門後，在騎樓下的提款機前還有些許人潮等候，有個女性，正張開摺疊空心桌，依序擺上她的商品叫賣著；我站在排隊提款的人群之中，看著她的商品似乎都是男女性貼身衛生用品，經過的行人似乎都只對提款機中的現鈔感興趣，沒有人的視線落在她的商品上，這樣的情景，在每天下午到傍晚六七點都會重現，有種時間停滯的錯覺。

她的叫賣聲很輕，像風吹，不若其他攤販，叫賣聲像吹鼓吹；她的攤位擺在提款機前，她沒有座位，站著叫賣，當路人經過，便能聽見她輕輕地說：參考看看，但與她的眼神交會時，路人都會躲開。

週末，我睡得晚了些，信步走到街上，上熟悉的餐館用餐，恰巧在餐館內遇上在土地銀行擺攤的她，看見她手上捧著盤子，盤子內盛裝了一些白米飯和一顆荷包蛋，還淋上了些醬油，那似乎是她的午餐？

結帳時，看見她小心翼翼地從口袋裡掏出錢袋，仔細地拆開包裝，一層又一層的，似乎有兩三層，數著裡面的銅板，露出微笑向老闆娘答謝，旋即朝店門外走去，牽起一台手把上滿是鏽斑的朱紅色淑女車，在唧唧聲中，從我的視線裡消逝。

後記：

艷陽高照的午後，她依舊站在土地銀行的騎樓下擺攤，陽光曬在路上行人的身上，卻沒有曬到她，這是沒有陽光的日子，對嗎？

《更生日報》副刊，2016/06/21

返鄉路已遠

2月4日早上7點32分，跨上從玉里車站發車的自強號列車，準備返回南部的故鄉看牙，這是半年一次的例行事務，也是因為與醫師間的信賴關係，所以才願意搭乘數小時的火車，專程回診！

坐在火車上，看見稻田飛越，越過鐵橋又越過電塔，在隧道前止步，好像在說再會！漸漸地，列車轉入屏東地界，田園風光逐漸被住宅大樓與工業廠房取代，蒼翠的地景轉瞬間化為水泥叢林的都會風情，難以適應這樣劇烈的轉變；但這樣的風光，在去年間，還是熟悉的世界。

在故鄉，本來也曾經有過數萬頃的稻田，也有過清澈的溪流，但在那個艱苦的年代，以環境保護換取經濟成長以迎頭趕上世界的價值觀逐漸成為主流意識形態，農地逐步的被開發及變更使用，造就了台灣經濟奇蹟，也成就了一批田僑仔，那些年的美好時光，寫在周末假日的大小餐館裡，那時候總能夠看見一家老小在餐館內聚餐談論股市及加薪的議題！

還沉浸在往昔的美好之時，列車已停靠至終點站，暗示著得換車了，夢該醒了；都市的火車站不同於玉里車站是在上空，這個大站是在地下，瀰漫著柴油味、旅客的二手煙味以及列車通過震耳的噪音，很不舒服，但這是代表著科學技術的進展，人類對於有限空間的利用能夠從平面朝向立體，只是空氣清淨設施還有待改進。

搭上轉車的區間車時，發現眼前的眾人，他們幾乎都低著頭滑手機，有個人還露出微笑，那微笑看起來帶有戀愛的氣息，只是他是位中年男士，很羨慕他在中年之時仍保有對著手機螢幕笑得那樣燦爛天真的能耐！環顧整個車廂，看書閱報的人幾乎沒有，倒是有些用功的學生拿著參考書在背誦英文單字，看來智慧型手機真的已經是這個時代的主流，雲端上的一切遠高於現在當下發生的一切。

下了區間車，步出車站時，計程車們仍在排隊攬客，販賣愛心的人士們也正在對著旅客們點頭致意，接送的情侶們還在卿卿我我，這些是站前不變的風景，唯一改變的是：我忘記後火車站的廁所在左邊還是右邊了，印象開始模糊……赫然發現，故鄉似乎早已成為戶籍地。

《更生日報》副刊，2016/05/14

春節剪影

加開的列車，拓寬的省道，極力迎接這波返鄉潮，人潮如水不斷湧入這個隱身在花東縱谷中心的小鎮，這些人多數是平日沒看過的生面孔，以年輕人為主，也有看到些全家福，從外地返鄉，左手牽著另一半，右手牽著下一代，他們臉上都帶著微笑。

在異鄉拚搏了一年，返鄉與親人團圓，是遊子的盼望，望著久違的家門，門前站著的親人，正展開雙臂迎接這久別重逢的喜悅；同樣的，有另一群人，正摩拳擦掌，點燃禮炮，歡迎來自四面八方的貴客，在街角，在圓環邊都能見到賣煙火的還有賣小吃的，像是刈包、章魚燒。

站在窗邊，看著大街被車輛占據，此起彼落的喇叭聲是種發洩，興奮的人聲成了熱鬧的註解，開心的不只是走春的人們，還有做生意的店家，店家門前長長的人龍，像蜈蚣陣，平日拍照打卡的優惠，在春節似乎不適用。

這個時候，難耐好奇心的我，牽起機車跟著上街湊熱鬧，左邊閃過一輛轎車，右邊又來一群觀光客，前面還有逆向行駛的腳踏車，大馬路上幾乎找不到空間，只得悻悻然地找個角落把車放好，停妥機車時，突然聽見後方傳來救護車的笛聲，回頭一看，14米寬的馬路已經沒有空間讓救護車通行，救護車駕駛也只得繞道而行。

平時的鎮上，粗估常住人口不足一萬人，在春節期間，突然暴增不曉得幾倍！這時，露出微笑的是做生意的店家，以及返鄉的遊子們；我只能苦笑地看著人潮如洪流一般湧入，耐心等待波瀾過去，恢復往日的寧靜。

《更生日報》副刊，2016/05/19

計程車與小朋友

那時，我站在辛亥路旁，有一台計程車很敏銳的察覺我的需要，早在我招手前一步，亮起了方向燈，緩緩駛近，問我的去處。

上了車，瞥見優良駕駛四個字，上頭寫的年份是民國七十九年，今年是民國一〇五年，再看了一下運將，頭髮已經花白，但那視線仍舊銳利，像刀鋒一樣切開車流，花白的頭髮，好像寫著這個城市的歷史，或許也能用倒帶式的敘述，來告訴我這個城市初始時的樣子。

抵達目的地時，我向運將揮了揮手。

走了幾步路，我在附近的捷運站出入口旁看到兩個小朋友，小朋友身上背著杯子蛋糕，脖子上還掛著標語，嘴裡正大聲地唱著：「哥哥姐姐快來買，做愛心……。」

這天，台北市的氣溫是37度C，行人的頭低低的，叫賣的小朋友頭抬得高高的，我站在街邊，望著不遠處的101，她正驕傲的矗立著。

《中華日報》副刊，2016/07/10

重量級牛排

星期五，是個令人期待的日子，除了是小周末同時也是鎮上的夜市日，各種活躍的美食都在夜晚的舞台上表演，吸引不少放鬆度假的賓客，當然也包括我與內子兩人，我們每周必訪的攤位是一品牛排，這裡有最好的豬排，價錢也不高，一客只要一張孫中山，而且，在一品牛排，還藏著這樣的故事……

每逢夜市日，一品牛排攤位總會出現一對祖孫一起來吃牛排，孫子必定點一客重量級牛排，奶奶總是推說已經吃過，她是陪孫子來用餐，（幸好夜市牛排攤沒有低銷的規定，即使有，一客重量級牛排要價180元，應該也足夠規矩）；在等待上菜的過程中，孫子總會先盛裝自助式附餐的濃湯和紅茶，卻只取用一人份，奶奶似乎很重視健康的飲食規範，但看著孫子，當然也希望他能多吃點自己愛吃的牛排，牛排端上桌以後，孫子雀躍的打開包裹刀叉的紙巾，將紙巾鋪在雙腿上，舉起刀叉，俐落的切著厚厚的重量級牛排，此刻，奶奶以親切慈祥的面容看著孫子的吃相，吃相象徵著滿足感，從他們的側影可以看見，這一客重量級牛排帶來的感動，同時感動了祖孫倆的心也滿足了味蕾。

當孫子嚥下最後一口重量級的美好時，他突然開口問：「奶奶，平常妳沒有吃素，為什麼每個禮拜五，妳都會吃素呢？」。

奶奶微微的笑了，留下這個費孫子疑猜的謎語。

《更生日報》副刊，2016/03/18

風湧的海味

拿著特製的鉤子，左撬右撬，好不容易才掏出來，這彎月形的珍饈，放入口中，先感覺到海水的滋味，真的！就像是在沙灘邊，在岩岸旁掬起一泓浪花的味道，然後是滿滿的鮮甜味，配上脆彈的口感，真是欲罷不能，只可惜要嘗上一口，就要折騰一番，當然，這是對我們初試的新人！友人說，這味其實可以先用鐵鎚來敲碎堅硬的外殼，但用特製的鉤子來撬開，也是種饒富生趣的體驗。

「這味，可是滋味鮮美，但需要算準潮汐，才能在海岸尋獲，不然，就得潛水下沉去捕撈！」聽著友人的說明，不禁放下了碗筷，這時，還在嘴裡的珍饈，正散發著甜味。

「吃吧，這是我們靠海人常吃的味道，你們比較難得吃到，要問怎麼料理，其實很簡單，將牠們放在水鍋裡，等到水一滾，就差不多了，看著頭冒出來，就知道，熟了。」

啊！這味珍饈有海水的味道，還帶著濃厚的鮮甜，看著友人黝黑的臂膀，嚥下的是鮮美，還有這份真摯的情誼，更有一份特殊的「風湧的海味」。

《更生日報》副刊，2016/09/23

祝福

玉里小鎮上有家飲料店，總是有滿滿的歡笑聲，這家店的老闆娘是位中年婦人，歡笑聲是來自她與熟客的互動，每當買菜時間過後，店內常會擠滿許多家庭主婦，談論自己的家庭趣事和先生子女等話題；而我也是這家飲料店的常客，但我是因為著迷於老闆娘泡的茶，才常常去消費！

某天，我照例前往飲料店買茶飲，正好聽見有位老闆娘的朋友想租下老闆娘店面隔壁的攤位，朋友說想賣烤地瓜，恰巧遇上房東太太來送電費帳單，他們三人便湊成一團討論這件事；老闆娘這時邊與他們討論邊處理我的飲料。

談話內容透露出老闆娘的朋友是位單親媽媽，獨自撫養好幾個小孩，希望房東太太可以寬限租金等等……當我的飲料泡好的同時，房東太太正帶著老闆娘的朋友往隔壁走去，似乎有意願出租給老闆娘的朋友營業。

又過了幾日，在飲料店隔壁，有個小小的攤車擺在店門口，而正在一旁清洗地瓜的是老闆娘的朋友，看來她的店似乎是順利開張了！這時，我見到她所販售的地瓜是紅皮紅肉的品種，這引起我很大的興趣，因為這和一般坊間烤地瓜所販售的品種不同！便上前去，和老闆娘打招呼說我要買烤地瓜，而她的應對讓我感覺，她似乎沒有商業經驗，不同於飲料店老闆娘那般靈巧！（由於她的店沒有招牌，暫且稱她為地瓜媽媽吧！）

從地瓜媽媽手上接下了熱呼呼的烤地瓜後，我滿意的回到了住處享用：首先撥開地瓜外皮，誘人的橙紅色配上四溢的香氣，一口咬下，鬆軟綿密又滑潤的口感，深深征服了我的味蕾，這是適口性非常好的烤地瓜！我心想：如果是這樣的商品，要在這個人口僅萬餘人的小鎮上維持生計，應該也沒有太大問題吧！

是日，地瓜媽媽的攤位，來了許多同樣在附近做生意的鄰居們，他們每人手上都捧著一包烤地瓜，像是為她獻上祝福，祝福她的生意能夠長長久久！同時，這也是我殷切的期盼，期盼地瓜媽媽能夠順利撐起她的生活，她的家！

《更生日報》副刊，2016/02/05

追憶的滋味

三月間，從梅姊的手中，拿到了一條柴魚，嘗起來口感柔韌，據說這是柴魚乾的前身，尚未燻製烘乾到完全成熟的半成品，品嘗時要用撕的，放在口中，可以感受到海洋的鮮味及煙燻的香味。

吃著吃著，不禁佩服起梅姊的手藝，但這味是出自其母親的手，據說只有她的母親才會做，由於過程十分繁複，所以她也沒有習得這家傳的美味。後來，梅姊曾帶來許多母親的味道，像是草仔粿、醃小丁香等，每道都是絕品，豐富了辦公室的午休時光，同時我也羨慕她有這樣好手藝的母親。

九月初，梅姊忽然告假，事後我才知道梅姊的母親不在了。

上香時，是我第一次見到梅姊的母親，她是位和藹慈祥的長輩，長輩留下來的味道，深深的刻在我的心底，或許這樣的味道已經成為追憶，但我相信嘗過的人不會忘記，這份來自長輩溫暖的心意。

《更生日報》副刊，2017/02/18

黃道吉日

農曆十月廿四日宜嫁娶，鎮上的餐廳好熱鬧，熱鬧的不只是餐廳內的喜宴，還有餐廳外的辦桌；在幾天前，從常去光顧的小吃店老闆夫婦口中接下邀請，邀請我與內子二人前往一起吃他們鄰居娶媳婦的辦桌，並且囑咐我們不用再包紅包，當天只需要跟他們坐在同桌即可！面對這難以推辭的盛情，只得於吉日吉時前往赴約，並且我們還是準備了紅包致意（紅包準備給小吃店老闆夫婦）。

到了筵席定點，只見紅白藍色的帆布，展開在棚架上，畫成了一條隧道，紅色的桌椅陪襯著，最前頭的舞台上掛著幾幅字畫，上頭寫著：天作之合、宜室宜家等喜字，繪成一幅喜氣洋洋的辦桌彩繪，道路兩側車道旁正停著幾家餐廳的小貨車！向小吃店老闆夫婦詢問以後，才知道這場辦桌喜宴是由三間餐廳承包！而這是鎮上的習慣，習慣來自於一種彼此熟識的人情味，即使是生意場上也是互相幫忙，由東主決定辦桌數，再由各家餐廳來協力包辦，一方面不得罪人，另一方面也可以讓賓客們選擇喜愛的菜式，畢竟各家餐廳各有所長。

聽完這樣的敘述時，賓客們也開始入座了，這時看著小吃店老闆夫婦們在各桌穿梭招呼，彷彿是他們家自己辦喜事一般，似乎在小鎮上街坊鄰居彼此間的聯繫很頻繁，而且只要有空位，即使賓客得與不是那麼熟稔的生面孔同桌，在坐下來時也不會猶豫，看來大家都很隨和客氣呢！與我們夫婦同桌的還有其他長輩，席間聽著他們閒話家常和開老人玩笑（黃色笑話），餐桌上的瓜子也在不知不覺中嗑得相當乾淨。

吉時一到，司儀上台宣布婚禮即將開始的同時，也是上菜的時候，各家餐廳端菜的師傅們，莫不使出渾身解數，以最迅速俐落的方式將菜整齊上到各桌，我們筷子夾著，嘴巴動著，咀嚼菜餚的美味，長輩們則是抄起調羹，準備好塑膠袋打包剩下的菜餚，嘴裡念有詞地說：這是晚上要吃的，還有明天要吃的！感覺十分逗趣，所幸我們同桌的長輩比較客氣，沒有橫掃千軍（如果在南部吃辦桌，那可是戰鬥活動）。菜餚中令我們印象最深刻的是蹄膀，滷至軟嫩又不油膩，整塊端上桌，眾人的眼睛都亮了，而且搭配的是「漢堡麵包」，吃法就是像刈包一樣，將蹄膀切塊夾進漢堡麵包內，再一口咬下，這是我們第一次嘗試的吃法，令人驚豔！

隨著菜餚遞嬗，於筵席接近尾聲的同時，我把準備好的紅包，偷偷塞到小吃店老闆的口袋裡，向他答謝盛情邀約，使我們夫妻能享用到東部小鎮美味的辦桌筵席，吃完甜點後，老闆娘跑過來跟我們說再見，在我們轉身準備離開的同時，把剛剛的紅包塞回來我的外套口袋，小聲地說：「不用包，三八。」

《中華日報》副刊，2016/03/09

媽媽的章魚燒

打開特製的瓦斯爐台後，先刷上點沙拉油，再拿出事先準備好的粉漿，倒進去鐵鑄模型裡，繼續放下章魚、高麗菜、油酥，接著就是我最喜歡看的：「媽媽會拿出一根長針，翻呀轉的，一顆顆圓呼呼的章魚燒，就完成了，一開始是艷黃色的，再繼續煎呀煎，最後變成了金黃色的，像個小太陽一樣！」

在幼稚園下課以後，我都會和媽媽一起去做生意，做生意的媽媽看起來很美麗，有客人的時候媽媽臉上會充滿微笑，那時候的太陽公公總是在天上看著我們，沒客人的時候，媽媽臉上會皺起眉頭，那時候的太陽公公總會躲在雲的背後，還掉下來好幾滴眼淚，好像是在跟我們說抱歉，說他今天心情不好，沒有辦法給我們溫暖！

啊！最近要過年了，媽媽說趁我放寒假要帶我去看花海，要去的地方好像叫做池上，媽媽說那裏很漂亮，平常跟我們一起擺攤做生意的芭樂叔叔也會去，我聽了很高興，高興又有熱鬧可以看了，如果太陽公公也一起去，那樣就更完美了！

站在攤車前的媽媽很美麗，看到媽媽翻轉章魚燒的時候，我就好像看到小太陽在媽媽的手上，我相信這是太陽公公送給我們的禮物，因為他們有相似的光芒，以及——溫度。

《更生日報》副刊，2016/05/31

萬能兄

每天下午三點鐘左右，總會聽見菜刀與砧板的碰撞聲，還會聽見沙沙的搖晃聲，起初不以為意，後來難耐好奇心，走下樓一看，才知道聲音的來源是隔壁芭樂攤的老闆正在準備他的甘草芭樂，芭樂的招牌布寫著：自產自銷，卓溪芭樂（可宅配）；每天下午才開始做生意，看起來也不曉得如何？我心裡是這樣想著。但從他手中接過來試吃後才知道這芭樂兄的高明，甘甜脆口，在山坡地上成長的自然鮮味，超越了陪襯的甘草粉，了得！

後來，我發現芭樂兄似乎常不在攤位，總委託隔壁攤位的章魚燒老闆娘幫忙他顧攤，我問起芭樂兄的行蹤，老闆娘說他去幫忙人家修水電，有時候又說去做鐵工，搞不清楚，賣甘草芭樂到底是他的正業還是副業了！而在某個星期天的晚上，陪內子出門散步時，瞧見芭樂兄正拉著一條長長的白帶魚，興奮地在攤位前拍照，上前一問才知道，原來他出海去抓魚，漁獲也拿來攤位兜售給有緣人！

芭樂兄的身影，常出現在鎮上的各個角落，有時候他穿著義警的制服在指揮交通，有時候他在陽台上補破洞，有時候他開著曳引機在農田上奔馳，瀟灑的流汗，每當他看到我正注視著他的眼睛時，他都會微笑著點頭致意。

《中華日報》副刊，2016/09/26

辦公室裡的老闆娘

鞋跟與地板的碰撞聲，聽來是相同的節奏，空氣中還留有香水的痕跡，這是每天上班時的印象，印象中有個女同事，坐在迎賓櫃台前負責總機與收費的工作，她在自己的座位旁養了棵仙人掌。

午休時間，她習慣和同事在辦公室裡用餐，用餐結束以後，她會離開辦公室，直到午休時間結束後，才緩緩地出現在她的座位上，坐下時，她會撥弄她的長髮，盯著那暫時沒有人進出的玄關，但如果有人走近，她會說：「您好！請問您要辦什麼？」。

炙熱的夏天裡，偶然經過鎮上的超商時，我停下來想找份清涼，叮咚聲與熟悉的聲音正迎接我的到來，抬頭一看，是那個女同事，她穿著便服，站在櫃台邊，四目相交的時候，她淺淺的笑了，我有點訝異的睜大眼睛。事後，才知道原來那是她先生開的超商，超商的營運狀態我沒有問過，只聽說她午休或下班後都會去幫忙客串，偶爾還能見到她一對兒女在超商裡寫作業。

耳聞，她準備和同事去日本自助旅行，要請好幾天假，而此行不帶上她兩個小孩；出國前，她的鞋跟與地板的碰撞聲節奏變得輕快了起來，撥弄長髮的手勢，好像也高了些，空氣中的香水味又更加的自然，同時她也學會駕駛休旅車，下班時，瞧見她那飛快的節奏，連車尾燈的殘影都來不及留下，或許她眼裡的幸福是「成田機場」，而不是那「歡迎光臨！」或「您好！請問您要辦什麼？」

《更生日報》副刊，2016/09/28

遺忘這世界

為了品嘗藏身於花蓮市鬧區靜巷的日本料理，一早從玉里鎮開車出發直奔花蓮市，沿途經過許多鄉鎮，跑了一百多公里的路程，沿途的美景自然不在話下，兩側的山脈屏障著台九線省道，省道旁是稻田和柚子樹，也有穿越大馬路尋找出海口的溪流；而在枯水期的冬季，溪床上的菅芒花正向我們揮手，一年也只有這時候能欣賞到這樣的美景。

一路向北走了兩個小時左右，自然地景逐漸被人工地景取代，寫著花蓮市的綠色道路指示牌也出現在眼前，繼續往前走，車潮開始擁擠，擠滿了本地與外地觀光客的車輛，辨別的方式來自於車後行李箱左上角貼著「OO租車」的小貼紙，原本道路就不寬敞的花蓮市區，在假日的午前，顯得更為擁擠，有回到故鄉的大都市裡的錯覺，塞車的同時，只能把焦點轉移到那家日本料理上。接著，又繞了幾條路，終於找到目標店家，只是在狹窄的巷子內，真不好停車，所幸抬頭一望，前方設有公有停車格，順利登陸！

推開店門，瞧見店內是簡約的設計風格，木製的黑色系桌椅搭配鵝黃色的燈光，店內這時還沒有客人，手錶時間是11點30分，先迎來的是位中年大媽，用日文向我們打招呼，隨後招手請店裡工讀生拿菜單來讓我們點菜，看樣子應該是道地的日本人，似乎不會講流利的中文，才會請工讀生來為我們做注文，菜單分為定食與單點，魚料理為主，肉料理為輔，最後今天選擇的菜單是：薑燒豬肉與漢堡排定食，肉料理。

上菜時，先來的是薑燒豬肉，份量與色澤相當誘人，約厚切六大片，醬油與薑末的香味充分燒入豬肉，配上高麗菜絲和店家自製小菜，白飯是一口接一口；接著漢堡排上菜，醬汁與漢堡排在熱鐵板上滋滋響，配色的是青花椰菜與紅蘿蔔和玉米筍，食拇指並用拿著筷子，小心翼翼的分開肉塊，只見肉汁從漢堡排分裂開的縫隙中流出，放到嘴裡，舌尖首先感受到那份炙熱的溫度和濃厚的衝擊，汁濃味美，牛肉與豬肉的香鮮味融合在一起，搭上醬汁的鹹甜香提味，充分品嘗到日式西餐的驕傲，面對這樣的美食，白飯哪裡會夠？

吃著吃著，不知不覺進入忘我的境界，直到吃完最後一口白米飯與漢堡排，抬頭一看才驚見店內已坐滿了客人，在鄰桌還坐著一組家庭團體，正高談闊論著澳洲留學經和下個月要去英國和法國的計畫，而店內的電視上正播放著頂新劣油案的新聞事件，還有客人正專注地看著電視咒罵無良商人和司法的可悲。

付帳時，輕聲地說了一聲謝謝招待！再次推開店門，回到原來的世界。

《中華日報》副刊，2016/05/31

難為

氣溫下降的今天，寓所芳鄰的素食館老闆娘，為清洗營業後的鍋碗瓢盆，已用盡氣力；這時，她的兒子正在打烊後的店內寫作業，但似乎遇見難解的問題，便帶著猶豫的眼光和踟躕的腳步走近老闆娘的身後，用顫抖的小手拉了一下老闆娘疲憊已極的圍裙裙擺：「媽媽，這題我不會算……」，小男孩的聲音有些顫抖，因為他知道他的媽媽為了生活，為了家，已經非常疲憊，何況早上還有遲到的電費催繳通知單壓在媽媽的肩頭上……

老闆娘看見兒子的作業，冷淡地說：「這很簡單啊，你一定會，但是你不夠用心……，再回去想想看！」語畢，便繼續忙碌自己的打烊作業。沒有人知道老闆娘心裡想著的是希望他的兒子早點獨立，好好讀書，別像她一樣辛苦的作生意，為了幾十元的一碗麵這樣折騰自己。

小男孩無助地走回桌位，等待著的是那凝結的空氣，他知道這時候只能自己面對這困難，這真的難倒他了，這時候，只有月娘看見他無助的背影，卻無法安慰他什麼，因為小男孩這時的年紀，還不懂月娘的溫柔。

清潔完廚具的老闆娘，擦乾了雙手，走進店內看小男孩的作業，卻發現小男孩連簡單的問題都沒有解出來，爆發了他的怒氣，指責小男孩的不專心與不用功，這樣的指責讓男孩右手握著的筆桿逐漸沉了下去，他的頭也低了下去；今夜的一切，月娘都看在眼裡……，月娘知道小男孩只是想要媽媽多陪他一下子，不會太久，就這樣而已……。

《更生日報》副刊，2016/07/01

颱風日記

一百零五年九月二十六日下午，臺東縣政府宣布九月二十七日停班停課，此時，我還在機關門口幫忙做防颱準備，在風聲中，看見港邊的長浪吞噬了防波堤，這時候我的手錶顯示的時間是下午五點二十九分，再一分鐘我就可以簽退。

做好防颱準備的最終確認以後，我回到座位收拾，同事們的步伐顯得急促，或許是因為颱風的威脅漸漸逼近，逼近這沒有山脈阻擋的東海岸的成功鎮，也或許是因為耳聞這次颱風會從成功鎮登陸，但也有消息指出颱風要從秀姑巒溪登陸，往海岸山脈另一端的縱谷大鎮過去，恰巧，那是我住的地方，不過也有人說不管從玉里鎮或成功鎮登陸，其實都一樣。

下班時，我從機關的後門離開，回頭再看了一下，試著記下颱風來之前的樣子。

坐在駕駛座上的我握著方向盤，在台十一線省道上，看著右手邊的太平洋的顏色不再深藍，而是雪白，是因為風吹起了浪潮，浪潮發出可怖的聲響，聽起來像是怒吼，不知道又是誰觸怒了聖嬰？我心裡突然有這樣的錯覺。不知不覺，右腳踩油門的力道變大了些。

「現在，我只想回去，右邊有海岸山脈左邊有中央山脈屏障的玉里鎮，在那我覺得比較安全，至少，在這個颱風天，我選擇躲到山的那邊，因為風吹皺了海水，我看見太平洋的震怒，還聽見了聖嬰的啼哭」或許，我也被嚇到失神了，但現在雨水還沒有來。

經過左彎右拐的玉長公路，風勢開始變小了些，我心裡想著：「山脈在此時顯得可靠多了，只要雨水還沒有來，即便林木已經像起乩一樣發狂的搖擺，我還是可以相信林木的柔軟度，不至於擋住我的歸途。」

到台九線省道時，風勢趨緩，雨水還是沒有下來，我的左手邊是秀姑巒溪，溪畔的燈火仍繽紛的閃爍著，好像太平盛世般，這時候，內子打電話給我說：「花蓮縣政府尚未宣布停班停課訊息。」停好車輛，我走進室內，是寧靜的感覺，稍早在台十一線的見聞像是夢境，在玉長公路的蜿蜒像是幻影，彷彿在住所的寧靜，才是真實的世界。

「各位鄉親，請各位注意到這裡來，這裡是里辦公處報告，本次颱風將從秀姑巒溪登陸，請各位鄉親務必做好防颱準備……。」

我走近窗邊，再次細聽路上廣播車的廣播內容，隨後拉下迎風面的防颱窗，這時候，房東也來電了，再次告訴我這次颱風會進來，會從玉里鎮的死角「秀姑巒溪」的出海口進來，屆時，玉里鎮將沒有中央山脈與海岸山脈的屏障，將直接的面對颱風，面對聖嬰的啼哭。

晚上八點，街上的行人開始往商場集中，每個結帳櫃台都排滿了顧客，馬路上還有營業的鹽酥雞攤位，也排滿了顧客，這時候內子才接到同事的通知：「花蓮縣政府宣布明日停班停課。」。防颱準備完畢後，我撥了通電話給住在成功鎮的同事，問候那邊的狀況，仍是平安無事，這時的時間是晚上十點鐘左右，氣象報告颱風正逐步逼近且颱風已開眼。

此刻，我正在記錄這個颱風來臨前的夜晚所看見的一切，面對我的電腦，背對窗外的一切，期盼明天看得見陽光露臉，是個無風無雨的好天。

九月二十七日清晨，窗外的風雨細微，看了氣象報告後才知道，颱風往北轉移，預計將從花蓮市登陸，不走秀姑巒溪進來，但西半部各縣市已經感受到強烈的風雨。

我望著灰暗的天空，心裡想著：「天作孽，猶可違。」

《更生日報》副刊，2017/02/06

籃球場外話

「左邊、右邊，假動作啦！哈！進算！加罰！」

「再來！我就不信我會輸！」

放學後的玉里高中籃球場，正上演著一對一鬥牛的賽事，球權目前由一位穿著白襯衫、黑色西裝褲與黑皮鞋的紳士所掌握，他的對手是穿著整齊運動服裝的高中生，我站在場邊當記錄兼裁判。

「哼！如果今天我有穿籃球鞋就不會輸了……」

「我今天穿皮鞋也贏你啊！」

看著這樣的對決與聽著這樣的對話，我是笑得合不攏嘴，上前詢問以後才知道這一老一少是對父子檔，今天恰好父親提早收工來籃球場上看兒子打球，一時技癢才上來單挑。

「鈴鈴鈴……你好！我馬上到！才剛打完第一場球，客戶就來報到……小子別太晚回家啊！高三了，早點回去讀書！」

「好啦！考大學嘛！考完模擬考買一雙球鞋給我，你答應過的！」

送別急著拜會客戶的父親，高中生也準備回家讀書，臨走前他向我說：「下次還要一起打球，你再教我幾招，讓我對付我老爸！」

後來只要有空閒，我就會去籃球場上會會這位高中生，日子一久也認識他的狀況，我們的話題便不再侷限於球技，也涵蓋了其他，例如：考大學。

某天他穿著新球鞋來到球場，高興的和我說那雙新球鞋的故事和所代言的球星，說得滔滔不絕又頭頭是道，這時候，他的父親又跑來找他過招，一樣是穿著白襯衫、西裝褲與黑皮鞋。

「今天有穿新球鞋，知道厲害了吧！」

「贏在鞋子而已嘛，我只是太久沒練習……好啦！我還有事要忙，先走！」

打完球後，我點了一下這位高中生，要他回家以後看看父親的皮鞋，再看看自己的球鞋，再想一下為什麼要好好讀書考大學，以及忙碌的父親的背影……他看著囉嗦了幾句的我，愣愣的點了頭。

球場再見時，他跑來對我說：「我爸爸說他皮鞋上的皺紋是代表他走過的路！而我的新球鞋，也會陪我走過很多路！」

《更生日報》副刊，2016/06/26

輯三、速克達之旅

七里香

一杯青茶，微糖去冰，是今天搭配午餐的飲料，這杯青茶有淡淡的桂花香，喝下去溫潤順口，舌尖沒有刺激的感覺，胃也不會溢酸水，啜飲到最後一口時，嘴唇忍不住嘣了起來：「再來一杯吧！」

看了看杯上的封膜，才知道這家店名為「七里香」，向當地的友人打聽後也才知道，這家店坐落於玉里鎮民權街停車場，已有二十餘年，是當地人熟知的名店，也是玉里鎮第一家連鎖茶飲店，由老闆娘打理，女兒下班後會到店裡客串。

翌日，我抽了點零碎的時間，騎著機車前往「七里香」，一方面要再續一杯青茶之緣，二方面也想看看店家的模樣，左轉右拐再直行後，我在民權街停車場上看到桂花清茶的旗子插在路旁，旁邊有個木造的攤車，上頭擺了幾個茶桶，老闆娘雙手正搖著雪克，「七里香」到了！

停好機車時，聽見店內傳出來滿滿的歡笑聲，抬頭一看才發現，菜籃族的家庭主婦們似乎都聚集到這來串門子，當然也少不了喝一杯飲料，潤潤喉，繼續討論家庭子女和牽手。

初見「七里香」是驚奇的，親訪時感受到店家有一種濃濃的人情味，或許也是這樣的味道，才能夠讓老闆娘憑這一杯杯的茶飲，把子女拉拔大，同時也在玉里鎮上飄香數十載。

《更生日報》副刊，2016/06/11

仙桃快炒

「帥哥呷飯來這！」

聽見這樣的招呼聲，轉頭瞧了一下，原來是老闆娘的呼喊，再抬頭看了一下招牌，上頭寫著：「仙桃快炒，呷飯呷麵全面大落價……」看來是很親切的店家，微微點了一下頭，廚娘笑了，我也笑著走進店裡。

「炒飯、炒麵、炒魚卵、炒魚肚、生魚片、鮮魚湯，想要什麼？還有自助餐喔！」

「一個鮮魚湯，自助餐的部分我看看有什麼菜？」

從老闆娘手上接過美耐皿圓盤，配膳檯上的料理看起來相當誘人，今天有焢肉、滷豬腳、煎魚、地瓜葉、高麗菜、菠菜、板豆腐……還有：「涼拌海菜」，我心裡想著，這道涼拌海菜，或許只在這依山傍海的成功鎮才有這樣的菜色，伸出右手夾了一些進到盤子裡，下意識的吞嚥了一下口水，潤潤乾涸的食道。

「帥哥，坐這邊好嗎？白飯我幫你放好了！」

聽見老闆娘的招呼，我才發現，店內的桌子都是橘紅色的圓桌，老闆娘幫我選的位置是靠近馬路旁的位子，旁邊還有位中年男子，正稀哩呼嚕的喝湯，店裡這時已悄悄的滿座。

端著菜餚，坐在陌生人的旁邊，拆掉免洗筷的塑膠套，左手拿起白飯，右手夾起涼拌海菜，開始用餐；海菜入口的時候，先是海洋的鮮味，再來是醬油醃漬的鹹甜味，配上這鮮脆的口感，與白飯十分搭配！鮮魚湯，用的是旗魚肉，鬼頭刀魚肉，一口咬下，彈性十足的魚肉，在我嘴裡擺尾，彷彿還有生命一般，清澈鮮美的湯頭，喝得出來僅用鹽巴提鮮調味！

用餐的過程中，不時聽見老闆娘與客人閒聊，從出海捕魚到廟會演唱，從子女教養到出外工作，什麼樣的話題都可以聊得起來，我印象最深刻的是老闆娘爽朗的笑聲和招呼聲，這或許就是靠海人的豪邁吧！

「帥哥！鮮魚湯不錯吧！下次再來吃炒魚卵、炒魚肚、生魚片喔！」

《更生日報》副刊，2016/08/05

肝炎草煎蛋

有些料理，非得要旁人提到相似的味道的時候，才能想起來。

煎蛋，常常是佐餐的副食，副食經常以肉類為主，或者海鮮類為主，像是煎魚或煎肉，為了健康，還會來一品青蔬，吃飯配菜的感動，自然的在餐桌上蔓延開來，煎蛋似乎是可有可無，因為避之唯恐不及的膽固醇。

外食，是我的寫照，但是便當，卻不是我愛的飯菜，我也不常在自助餐替自己在看似琳瑯滿目的菜餚裡，親手為自己包一個便當，我喜歡在沒有冷氣、沒有很多人吵雜的地方用餐。

那年，我還在學校讀書的時候，在上課必經的途中，有家很特別的雜貨店，她在用餐時間是餐館，用餐時間外是雜貨店，看顧的是爺爺與奶奶，在吃膩了校外的餐廳以後，偶然間，我才發現到他們，店招牌寫著「安雄小吃」，可店內只擺了簡單的幾張桌椅，店門口還放著各式冷飲的冷凍櫃，旁邊還有許多日常生活雜貨，看起來就是個兼賣餐點的雜貨店，不過雜貨只有非用餐時間營業。

我喜歡點肉燥飯、炒青菜、煎魚肚與友人共餐，在安雄小吃，這樣的消費很輕鬆，滿足感超越單獨享用一盒雞腿飯，但這樣配起來，總覺得少了一個味道，後來才知道，是煎蛋，因為煎蛋的味道可以平衡口腔裡的煎魚肚、炒青菜，使其更加溫潤順口，這是吃了幾次後的感覺，當然爺爺奶奶也有推薦我們煎個蛋，像是香氣濃郁強烈的九層塔煎蛋，或者是家常的蔥花蛋，嘗試過後更覺得用餐時光的美好。

在某天的午餐時分，爺爺奶奶端出了自己吃的「肝炎草煎蛋」，他們說這是私房菜，只有自己吃而已，因為肝炎草是自己種的，當時我們幾個同學哪知道什麼叫做「肝炎草」，只瞧見這煎蛋，橙黃色裡帶著幾許鮮綠，詢問過後才知道今天的雞蛋是自己養的土雞下的，鮮綠色的來源是「肝炎草」，放入口中才知道，朝著味蕾襲來的是蛋香還有與九層塔十分相似的卻又不過分刺激的香鮮味。

如今，這道「肝炎草煎蛋」已經是許多年前的記憶，爺爺奶奶在我畢業後不久退休，不賣料理，店面也轉讓給其他人家做生意，回想起來，那以瘦肉滷製成的肉燥，鋪蓋在略濕黏的白飯上，鹹甜又不肥膩的口感、炒青菜的爽脆、肝炎草煎蛋的清香、煎魚肚的肥美、同學的歡笑聲，我還記得，用完餐時，爺爺奶奶的微笑，以及招待的飲料。

不知道，您們好不好？

《人間福報》副刊，2017/02/08

檸檬老爹

「這家，務必要去，在炸彈蔥油餅對面，保證好喝。」

手機收到的訊息，是來自幾年不見的朋友，朋友在本週五和未婚妻來成功鎮遊覽，遊覽的時候還順便給我試喝了一瓶檸檬紅茶，檸檬紅茶的口感與記憶中的不同，這瓶有淡淡的自然檸檬酸味配上濃郁的檸檬香及紅茶香，這些味道在糖蜜的調和下，散發出令人印象深刻的尾韻，這真的是黃金比例的平衡味。

適逢假日，週五下班後，便規劃週日上花蓮去尋找檸檬紅茶的行程，尋訪這令人驚豔的好味道，想到這裡，唾腺又再度動了起來，再次向朋友詢問後，確認這家好喝的檸檬紅茶店名叫做「檸檬老爹」。

週日，我帶著內子從台九線省道出發，此時正逢菅芒花開的季節，河床上、河堤上都可以看見雪白色的纖手，向我們揮舞，我認為這是台九線省道最美的時節，清澈的溪水潺潺流過，雪白色的菅芒花在溪畔、河畔隨風起舞，眼前還有青色的山脈、藍色的天空、白色的雲朵，像是走進風景畫裡，又像是走進攝影展的作品裡，這樣的景致，如果再來上一杯檸檬紅茶，那就真的太棒了！

到了復興街，炸彈蔥油餅還沒有開始營業，我們停妥車輛，看見「檸檬老爹」戴著帽子在店裡面忙進忙出，老爹的店裡面從牆壁到天花板甚至冰櫃上，都塞滿了客人的簽名，其中有中文、英文、泰文等多個國家的語言！看見我們驚訝的表情，老爹開心的說：至今已經有五十多個國家的人來過了！昨天還有兩位來自斯洛維尼亞的客人……

「先點一杯檸檬紅茶，等會再看要帶什麼回去。」

老爹微微笑著點點頭，隨即轉身拿出檸檬，一開二、二開四，帶皮放進冰沙調理機裡，再從冰櫃裡舀出紅茶，配上自己熬煮的糖蜜，加上少許的冰塊，按下啟動馬達，檸檬、紅茶、糖蜜、冰塊，開始高速旋轉，不一會，在冰沙機裡起了雲霧。再過濾掉殘渣，僅留下精華裝進杯子裡，放上封口機，附上吸管遞給我們，吸管穿過封膜時，啪的一聲，香氣也跟著流了出來。口中的味覺體驗是：清香的檸檬、濃郁的紅茶香，兩者在蜜糖的調和下，成了一種順口又不刺喉的好滋味。

喝下檸檬紅茶的我們同時露出了微笑，老爹看著我們的笑容也跟著笑了。

「再來一瓶，我要帶回去玉里！」

「玉里，這樣會不會退冰？」

「沒關係，我們路上就會喝光了……。」

《中華日報》副刊，2016/11/27

微笑的雞大叔與雞小哥

竹籤插上豆皮、去骨雞腿肉，遞到我眼前，微笑的雞大叔說：「試試看鹹淡？」放進嘴哩，先是嘗到吸飽雞高湯的豆皮散發出的鮮甜，再來是去骨雞腿肉的彈牙，配上特製胡椒粉提出的香味，還有，最重要的：「爽口的溫度！」，這兩塊試口味的豆皮和去骨雞腿肉，硬是在我的口腔中多逗留了好一會才不情願地被舌頭推下食道。

好戲還沒完。

將雞腿肉去骨，以十字花刀斷筋，再均勻的拍上一層薄麵粉，將雞皮朝下往煎台一擺，不一會，滋滋聲喚起了唾腺，香味走進了鼻腔，翻面，眼睛瞧見雞腿排上已然是完美的金黃色，再翻面，兩面都上色以後，放上熟食砧板，俐落的排成恰好入口的方形，再淋上自製的醬料（黑胡椒、蘑菇），脆口的外皮、細嫩多汁又有彈性的腿肉，配上適口提味的醬料……這是雞小哥的雞腿排。

微笑的雞大叔與雞小哥，在玉里鎮中山路上租了個店面，據說他們曾經在飯店廚房工作了好些年，據說他們曾經在瑞穗鄉開店，據說雞大叔是為了陪太太才過來玉里鎮做生意，據說雞小哥是雞大叔的忘年之交……

在走進雞大叔與雞小哥的店面以前，我聽見了好多故事，走進店面以後，我吃到了好多令我驚豔的美食，我看到了好多令我讚嘆的堅持，玉里鎮上，又多了一樣令我難忘的味道。

《中華日報》副刊，2017/04/19

阿菊姨的肚臍橙

皮薄，無籽，一年收成一次，只有在臺東縣成功鎮的橘子山上，經年累月被海風所吹拂的老欉，才能孕育出來的果實。外皮上有個肚臍眼的形狀，切開來有大包小的果肉，還帶有淡淡的柑橘香氣，食用的時候，最好備一下衛生紙，預備擦乾從嘴角溢出的果汁……這是，阿菊姨告訴我的，有關於肚臍橙的美味印象，而美味的肚臍橙，是她的女婿種的。

「天氣冷的時候，才是收成的時候，不冷的話，肚臍橙不會甜……」

阿菊姨笑著對我說，肚臍橙得先冷過寒流，凍過霜雪，才會甜美又多汁，而且還必須要在山上的迎風面種植，接受東北季風的撫弄，才會大顆，才會開肚臍眼。說了好多之後，她打了電話給她的女兒，還給了我名片，讓我依照住址電話去尋找這樣的美味。

阿菊姨的肚臍橙，有一種特殊的風味，這味超越了果香，手上拎著的不僅是沉甸甸的飽滿，更有一份特別的溫度，藏在每顆果實裡面，咬下的時候，會在口腔內蔓延，直通心扉。

阿菊姨，是我在成功鎮的仙桃快炒認識的阿美族人，她受雇於仙桃老闆娘，平日的午間，我們會坐在同一張圓桌上吃飯，她會添飯、盛湯給我，肚臍橙採收的時候，她也會告訴我：別擔心買不到，因為我女婿有種，好吃喔！

《中華日報》副刊，2017/01/07

交會的平行線

木門上鑲著六片半透明玻璃，往兩旁的牆壁上敞開……

朝店裡一瞧：「有兩個座位可供理髮，而老師傅正在替客人理髮，另一個座位對著鏡子，向我招手，另一側是條長椅，坐著一位老先生，三人正談笑著……此外，掛在店門上的小小白底紅字牌子上寫著：男士理髮100元，不含刮洗！」

輪到我時，看著剃刀在我的頭上左右來回，只見那過長又蓬亂的觸鬚漸漸變成整齊又清爽的髮絲，如果說這樣的手藝只需要一張孫中山，那誰不願意常來呢？

理髮結束時，正好接近用餐時間，在剃頭店的對面，是家越南美食，店裡只有老闆娘一人張羅，看著她在爐台、煮麵機及客人的注文間旋轉，不時還要應付手機來電，忙得不可開交，看見她店裡僅剩下一張空桌，只得趕忙謝過剃頭店老師傅，朝越南美食店裡去。

空桌上還有上一組客人留下的碗筷未清理，正當我準備整理時，剃頭店的老師傅已拿著抹布走來，先是把用後的碗筷端去流理台，再回頭擦拭清潔，順便拿了張菜單給我，並說：「他們家的炒飯好吃喔！參考看看！」

用餐時，店裡的客人不曉得輪轉了幾次，用畢的餐具，都讓剃頭店老師傅給清空了，座位不夠時，他也會幫忙協助張開新的圓桌，此時，越南美食的老闆娘依舊忙碌著客人的點單；在好不容易有了空檔的時候，老闆娘對老師傅說：「阿伯！今天要吃什麼？牛肉炒飯好不好？」

剃頭店與越南美食，隔著一條8米寬的柏油路，路上畫著白色的分隔線，看著老闆娘與老師傅的互動，心裡有種特別的感受，用完餐時，我靜靜地將用過的碗筷放進流理台，走向結帳櫃檯時，老闆娘很開心的說：「謝謝你！」。

《更生日報》副刊，2016/06/16

島嶼憂鬱症

推開門，穿著短褲與短袖T恤的我感受到涼意，對照前幾日的豔陽天，今日的午後顯得有些陰沉，颳起的涼風，提醒我注意日曆上的節氣，再過幾天就要「立冬」。

門外的風景如昔，機車與腳踏車和汽車，朝著各自的目的地移動，偶然遇到找不到停車位在擱淺中的汽車，車內的臉孔有些急躁，但看見歸屬的時候，他們會露出雀躍的神情，至少這一站，有地方可以歇息。

轉角的攤位，這時鐵門還沒拉開，他們家的生意在夜裡傳香，走過轉角，瞧見新的店家門口貼上了試賣中的紅紙，有兩個染髮的型男正對著珍珠奶茶傻笑著；我的腳步仍舊踏著相同的節奏，往前頭的超商前進。

自動門開啟時，我看見超商的店員側身面對著我說「歡迎光臨」，她的眼睛注視著眼前的咖啡，背對著櫃檯；我從她身後走了過去，瞄了一下超商的冷藏櫃，拉出了一罐啤酒。結帳時，另一個店員從倉庫裡急忙的跑出來支援，因為外帶咖啡與寄杯已經讓我進店時看見的那個店員手忙腳亂，何況人家還要用優惠集點。

走出超商時，我看見左手邊正討論著用餐地點的旅客，右手邊還有些人在排隊等玉里麵，前方的十字路口上汽車正與機車交會，駕駛的瞳孔裡面好像有我沒注意到的故事。

走過熟悉的轉角，我的視線被檳榔攤拉起的鐵捲門吸引，鐵捲門下有輛保時捷休旅車，記得，那個鐵捲門是在我眼前第一次開啟。

這時，後頭的喇叭聲，提醒了入神的我，不要忘記自己站在雙黃線上。

早餐的悸動

大年初六是個晚起的早晨，起床盥洗完畢時已經是上午十點鐘！又碰上年節假期，玉里鎮上的早餐店，打烊的特別早，我騎著機車漫遊在小鎮的主要道路上，發現大半的店家早已拉下鐵門，度假去了。

在我準備上超商買微波早餐的同時，瞥見民族街馬路旁有塊小黑板，上頭寫著：厚片、軟法、吐司均為自家製，這家店沒有醒目的招牌，只有那塊放在路旁的小黑板幫忙宣傳這裡提供早午餐！店名：自然醒。

停好機車，走進店裡，望著獨自看店的老闆，老闆似乎是個六年級生，戴著黑框眼鏡，頭髮梳得很整齊，身穿廚師服，腳踏著廚師防滑鞋，一派正經的製備來客的餐點！再看了看店內的菜單，分類方式很簡單，用甜與鹹的口味區分，品項有厚片、軟法、三明治、披薩（預約），今天我點的早餐是：青醬燻雞厚片。

找了店門口旁的一張椅子，我坐下來，欣賞老闆的專注與認真的動作；他的注意力只放在他眼前的餐點，那份神情甚是迷人，迷人在於這樣的職人風範已屬難得，況且這只是一份數十元的餐點，難得老闆能夠付出這樣的熱情來製作！

大約等了10幾分鐘，我拎著這一份熱情的堅持回到住處，打開包裝的紙盒，青醬與起司的香氣逼來，上呼吸道迎接的是炙熱的蒸氣，這時，還沒完全爬走的瞌睡蟲都被薰熟了！迫不及待地咬下厚片，吐司、青醬、燻雞、起司四重奏在口腔內交響起來，味蕾與舌頭打著節拍，胃袋急忙分泌胃液，賁門開啟，迎接這份美好的熱量。

《更生日報》副刊，2016/06/06

寧埔饅頭記

經過了蜿蜒，穿過了隧道，看完了山上的台灣藍鵲，接著就是投入海洋的懷抱，我常走過這條著名的玉長公路，從花東縱谷的這頭到達東海岸的那頭去工作，如果問我說，我喜歡看山還是看海，其實我偏愛這片有表情的海。

下了玉長公路，沿著既定的路線往右轉，朝著南邊的方向走，過了大約五分鐘不到的車程，看到寫著「早點」的立牌端坐在路旁，那裏有幾個老人家坐著，現在還有一兩張空的塑膠椅，似乎是等著遲到的人去坐。

按捺不住好奇，我放下機車，走近這家「早點」，瞧見老人家站起身往蒸箱走並笑著對穿著深藍色圍裙的老闆說：「在玉里坐一坐，又跑來我們長濱坐一坐。」

他邊說邊從蒸箱裡拿出饅頭，左手付錢，右手將饅頭往嘴裡送，嘴角微微的動著，老人家的眼睛也跟著笑了，繼續回到座位上享用。

隨後換我拎著「早點」的饅頭，只是我沒有坐在店外頭的椅子上，我繼續往南走了一段路，到「埁橋休息區」的涼亭下坐著，背對著身後的海岸山脈，望著前方的太平洋，吹著海風，打開塑膠袋，開始吃饅頭，饅頭的麵香蓋過了海水的味道，紮實卻又柔軟的纖維，吸引了我的目光，取代了眼前的美景。

《更生日報》副刊，2016/11/23

餡餅

「年輕人，你又來啦！今天又沒有吃午餐嗎？」老闆娘親切的問候著。

「是啊！真的忘記吃午餐了，線上遊戲玩太晚，睡醒已經是下午三點了！」年輕人揉著惺忪的睡眼，以睡不飽的慵懶音調回答老闆娘的問句。

「今天一樣要吃牛肉餡餅嗎？」老闆娘看著鐵板上的餡餅，轉頭問著年輕人。

「三個牛肉餡餅，一杯大杯冰紅茶！」說到吃的，年輕人的精神就抖擻了起來。

這家餡餅，沒有店面，只是一個發財車攤位，每日下午三點過後，靜靜的佇立在台九線省道的十字路口，老闆娘是個原住民，看上去約莫50來歲，聽說她已經賣了幾十年的餡餅，獨自賣著餡餅。

她的餡餅，皮香、餡嫩又多汁，咬一口就會愛上，嘗一次就會迷上，而且不油膩，烹調技巧掌握得很好，這可能是花蓮地區最美味的餡餅，餡餅一個只賣15元，對學生來說，是個很好的點心選擇，或者可以像年輕人一樣，當作早午晚餐一起吃！

年輕人曾問起老闆娘的生活，但老闆娘總是低頭微笑不語，只勸年輕人要多努力讀書，不要沉迷網路遊戲！此時，在年輕人眼裡，老闆娘在餡餅裡揉進了自己的婚姻與家庭，在年輕人嘴裡，他正咀嚼著老闆娘的人生，似有勁道的甘味。

後來，年輕人離開學校，同時也離開了這家令他懷念的餡餅攤，他沒有去向老闆娘道別，他認為自己很快就會再回來，回來這塊懷念的土地，繼續自己的生活；然而，再見面的時候，已經是七年後了，這時的年輕人戒掉了網路遊戲，還娶了個太太，他們夫妻一同出現在老闆娘面前，仍是在壽豐鄉志學街與台九線省道的交叉口，仍是那台發財車，只是現在多了塊簡單的招牌，招牌上寫著兩個大字：餡餅。

《更生日報》副刊，2016/02/24

良鎮咖啡館

站在加走灣橋上，我拍下了太平洋的浪潮，聽說，太平洋的浪潮，為靠海的鄉村帶來了一個人，那人在長濱鄉的都市計畫區裡租了個老房子，順便把戶籍遷過來，賣咖啡。

他的咖啡是自己烘焙，把來自世界各地的咖啡豆集合在老房子裡，房子裡有個幾張桌椅與書櫃，書櫃上擺著與咖啡有關的書籍，店門口沒有招牌，要從網路上查臉書，才知道這個裝修後的老房子叫做「良鎮咖啡館」。

長濱鄉，幾度來訪，街上的年輕人多半是住民宿的遊客，偶爾有分發到機關學校服務的教職員工，大多數的居民是老人和小孩，青壯年人口大多在外地工作，不過，偶爾也會有憧憬太平洋的浪潮，移民過來的人，像他。

坐在店門口，悠閒地吃蘋果，今天正好被我瞥見他在休息的畫面，看見他的視線望著遠方的海岸山脈，凳子旁還擱著香菸盒，風徐徐的吹，這是個陽光充足的秋日。

「老闆，我們要喝咖啡！」

「等我一下，我再抽個菸，剛好休息中，忙了一上午。」

不急，喝咖啡的人不會急躁，在這個秋日的午後，親近太平洋的浪潮，親近同樣來自異鄉的移民，親近一杯咖啡，咖啡裡可能還有首詩的味道，您嘗過嗎？

註：良鎮咖啡館現已更名為「巨大少年」。

《更生日報》副刊，2017/01/20

徐媽媽餡餅

黃色招牌上寫上了餡餅的紅字，再用鐵絲固定在窗邊。您走近一點便可以聞到香味，香味是層疊的，首先聞到油香，二味是煎至金黃吸附油脂後的麵香，末味是蔥花與肉汁的融合，期待您一口咬下。

「當初，因為先生住院開刀，為了照顧他，連帶我也沒了照服員的工作，但是家庭還是要經濟來源，所以我開始做餡餅，餡餅是傳承自母親的手藝，小時候我們一家子都會一起準備材料……。」

每個餡餅，都藏著一份徐媽媽的期待，期待顧客能再來，期待家庭能夠靠著這個好味道，讓全家人繼續微笑地過生活。

玉里鎮仁愛路上有間小平房，窗邊有張簡單的黃色招牌，上面寫著餡餅兩個紅字，屋內有個忙碌的身影，經過的時候不妨停下腳步，品嘗這金黃色的餡餅，餡餅的香味可能是在對您說：「期待您一口咬下！」

《中華日報》副刊，2016/12/13

電動單輪車上的男子

風壓擦過了我的肩膀，有個男人留下了令我驚嘆的背影，他站在電動獨輪車上，以獨特的平衡姿態，滑過大街小巷，街坊鄰里不以為意，警察看見他也不會攔下開單，他應該是個低調的存在，至少只引起我的好奇心。

今天早上我第一次在超商遇見他，他仍舊站在電動單輪車上，即使他人站在超商櫃台前等待他點的冰拿鐵，結帳後，我看著他邊喝拿鐵邊騎著電動單輪車，再度留下令我驚嘆的背影，然後消失在路口的轉角。

晚上月亮升起的時候，我看見他騎著電動單輪車出現在街頭，這次他背了一把桃木劍，劍柄上繫了紅繩，從肩膀纏繞到腰際，電動單輪車上正閃爍著七彩的光芒。

他臉上的笑容很燦爛，我深信只要站在電動單輪車上，他就可以睥睨這個世界，而在夜裡背上桃木劍的他，應該是準備去降妖伏魔。

或許，他是個英雄。

情味

在縱谷第一大鎮的玉里鎮上，最為人熟知的小吃是玉里麵（當地稱黃麵），玉里麵特別的地方是它的口感與一般的黃麵不同，僅需以簡單的調味配合清澈的高湯，便能嘗出美味，但每餐都吃這樣的美食，也容易膩口，所以，尋找適當的餐點，成為生活大事。

經過中山路，看著沿街的玉里麵招牌，再繞過鎮中心的圓環，繼續往前走，有越南小吃、江蘇小吃……十字路口左轉，車頭前進的同時，鼻子聞到香味，耳朵聽到的是炒鍋的匡噹聲，迎接賓客的招牌寫著：中泰小吃。

掌杓的是位廚娘，正在和她眼前的螃蟹交戰，眉開眼笑的與熟客聊天，無暇顧及我們進店的身影；貼在牆上的菜單：泰式燴飯、海鮮麵、炒打拋豬肉、炒螺肉、炒牛肉、蝦餅……，竟然有十數種料理，互相點了頭以後，決定先吃個燴飯和海鮮麵！

「這也太多了吧！蝦子、小卷、文蛤……」

「我這盤泰式燴飯，豬絞肉、茄子、高麗菜、四季豆……」

我們被這樣豪邁的份量嚇到，味道也是一流的，海鮮麵的湯頭，似是以熬製好的高湯，待客人點單後，再投入白蝦、文蛤等，最後加入麵條吸附鮮味，吃來特別鮮爽；泰式燴飯是以豬絞肉為主角，季節時蔬為配角來拌炒，佐以泰國打拋葉來增香，加上爆香過後的洋蔥、蒜碎及些許的辣椒末，十分帶勁。

「有沒有吃飽？」結帳時，老闆娘問著我們，我們淺淺的笑著稱讚料理，但份量太大吃不完，只見老闆娘露出微笑，連聲說：「沒關係，怕你們吃不飽。」

「明天中午也吃中泰小吃吧！」

「中午我不想吃那麼多，點一個我們兩人吃就好。」

這樣的對話，決定接下來幾天的午餐。

為避開人潮，我經常在午餐時間之前出現在中泰小吃，拎走餐點時，店內的電話才開始響起，響起的是中泰小吃午餐訂單潮。

「今天，一樣嗎？燴飯加兩個荷包蛋，再一個青菜湯？」

「對！感謝老闆娘！」

站在一旁，看著老闆娘，一手抄起鐵鍋放上爐台，一手抓起蒜碎、辣椒末、洋蔥爆香，再置入絞肉，一大匙又一大匙，文蛤也放了幾顆，茄子、四季豆、高麗菜、紅蘿蔔絲，爆炒過後，再加入打拋葉翻炒……，隨後轉身盛飯，飯匙卻盛起了不同的份量。

煮青菜湯時，老闆娘從高湯鍋內，撈起大骨頭並放上砧板，剝起大骨頭旁的碎肉，再拿出川燙熟的腰內肉，又切了幾片，最後抓了一把青菜切段，完成這湯品。

「老闆娘，今天的多少錢？」

「跟平常一樣。」

「今天怎麼這麼多？」

「今天剛好有，帶回去跟太太一起吃吧，我知道你們是兩人一起吃一份……」

此時，中泰小吃電話鈴聲響起……

中央山脈與海岸山脈環抱著玉里鎮，鎮上的中泰小吃，小吃環抱著我的心。

《中華日報》副刊，2016/09/01

大舅子遊玉里

自從農曆年前，住台南的大舅子生平第一次來玉里後，便對這塊土地念念不忘，或許也因為當時是與友人同行，行程較為僵硬，意猶未盡之下，促成這次大舅子再訪玉里的契機，時間也很剛好，剛好台南登革熱疫情失控，病例數陡增，來東部觀光，也能夠閃避一下病媒蚊。

8月26日下午3點14分，大舅子搭著莒光號觀光列車到達玉里車站，本來他想要自己隨處走走，但因為當時飄著細雨，又被我們掌握到行蹤，只好搭上我的一百CC老爺車，朝著住宿旅館進發，沿途我向他解說在這邊的雨，和西半部不同，雨滴和雨勢都比較小，這或許也是自然的恩賜，降下來的雨水恰好能夠滋潤農作。

住宿的旅館在本地是老字號的大飯店，建成於70年代初期，當時可是享盡風光，現今雖然已經過數十年歲月，卻仍手采依舊，重要的是在觀光旺季的現在，住宿費沒有跟著同業調漲，維持一天700元的原價，算起來優惠許多！

大舅子在玉里鎮的第一餐已經是晚餐了，我和內子帶著大舅子造訪我們平時幾乎每天報到的中泰小吃，這家店是泰國華僑老闆娘親自掌杓，主要招牌菜單屬於泰式料理，但中式料理的味道也是一流，當晚我們的菜單：糖醋魚、泰式燴飯加荷包蛋、蝦餅、涼拌海鮮，總共四品珍饈，大舅子吃得眉開眼笑（小鎮偏鄉還是有大廚師的），當晚，玉里鎮仍舊下著小雨，晚餐後我們隨意在鎮上繞了幾圈，便送大舅子回旅館休息，這是為了明早6點要上赤柯山及六十石山賞花做準備。

隔天一早，幸運的是陰天，雨勢只到昨天半夜就結束了，我們三人騎上租來的機車，先朝著六十石山前進，六十石山山路不算險峻陡峭，只有幾處盲彎和髮夾彎；而處在花季期間，四輪轎車容易遇上塞車的狀況，選擇以機車上山是正確的，當然這也是因為我們只有三人，較為輕便！到了山上，六十石山以她驕傲的雲海和金針花海迎接大舅子的到訪，這次是大舅子第一次到訪六十石山，他看起來非常興奮，急著找停車格丟下機車，拿起背包裡的單眼相機，跑去站在山上的制高點俯拾花海，仰頭遠望再捉雲海，看起來，大舅子也理解到一件事：海不一定是水分子組成的！（在水氣旺盛的今天，才看得到雲海，之前我與內子上山勘景的時候，也沒有見到雲海，看來六十石山真的很照顧大舅子阿，令人羨慕）。

在山上有許多攤販，商品多與金針花有關，例如：金針香腸、金針湯、金針肉燥飯、炸金針等，最有名的小吃是炸金針，炸金針作法是把當天新鮮現採的金針花苞，裹上粉漿，放入油鍋油炸至金黃即可盛盤享用，做法非常簡單，滋味卻是一絕！這道名品，理所當然的成為我們上山用餐的目標，而且我們運氣好，有兩位認識的朋友在山上設攤賣炸金針，以及好吃的金針香腸等，我問起他們的業績都說長紅，只要不要有颱風或大雨來攪局，一天基本上可以賣到上萬元營業額！可惜花季一年只有兩個月多一點！

看完六十石山，我們接著往赤柯山前進，赤柯山與六十石山的不同之處在於，赤柯山的金針花分布較廣，但山路較遠，地勢也較為陡峭，山上與平地的溫差可以到5度以上，但為了花海，大舅子眼睛也不眨一下就衝上去了！沿途少不了拍攝美麗風光，赤柯山地勢較高，路上有幾個點位適合拍攝玉里地景，大舅子他一點都沒有錯過，我們看得出來，他很開心！

然而，這條山路爬起來一點都不輕鬆，路寬不大，僅能勉強會車，加上正值花季期間，常遇到上下山的休旅車交會，一路走走停停，終於還是拐上去山頂！在那邊迎接我們的是挺拔的金針花，映入眼簾的畫面很美，美到覺得應該是闖入傳說中的桃花源，只是開的花不同罷了，道路兩旁滿滿的金針花，讓人不知道從何拍起，眼見之處皆美好，遊客皆醉；此時，民宿餐廳傳出裊裊的炊煙，準備風味餐款待住宿的觀光客。可惜我們已經在六十石山被餵飽了，在赤柯山上就沒有用餐，繼續以機車探險，用相機保存美好的回憶！

下山後，我們的行程轉向下一波美景，目標是193縣道二期稻作的田園風光，此時秧苗正青翠，看秀姑巒溪哺育這片豐美的稻田！這時我才發現，大舅子手上相機的快門幾乎沒有停過，還好現在相機是用記憶卡來儲存，不然不曉得要吃多少底片了呢。回想幾十年前的台南，在十大建設以前或許有機會可以看到像眼前這片廣闊的稻田，在工業扶植農業的意識形態抬頭以後，農村風光漸漸被養活許多家庭的工廠取代，剩下畸形的風景：工廠旁邊留下一小塊畸零農地，地上站滿了未知能否通過檢驗的稻穗！

天色漸漸幽暗，意味著晚餐的時間也不遠了，我們先送大舅子回旅館稍事休息，並整理今天美好的回憶，晚餐的菜單是我私心鍾情的炭烤，烤肉的美好大家都知道，但現在的玉里，只有那一家名為慢慢等純木炭炭烤，真正以木炭為熱源來烹製料理，這是我必須推薦給大舅子的名店，但店面不氣派，她只是一台停在玉里鎮代表會門前的發財車！

小憩一會之後，內子選擇留在住處繼續休息一會，我則領著大舅子前去慢慢等炭烤注文，熱情的老闆看到我們，很親切的招呼，在我告知大舅子是專程從台南來賞花吃炭烤以後，老闆更開心了，把他最驕傲的招牌料理一一介紹給大舅子，在炭香瀰漫煙霧繚繞之中，晚餐終於完成，總共花了半個多小時來調理，不愧名為慢慢等炭烤，這也印證了沒耐心是吃不到好東西的硬道理！告別老闆後，領著豐盛的炭烤料理，回到住處，大家一齊享用這份美好，結束今天的行程。

翌日，礙於昨天的奔波，我們都睡得比較晚一點，起床後我們領著大舅子上菜市場吃早餐，早餐在菜市場吃，這對城市來的大舅子是新鮮的體驗，用餐環境雖不甚討喜，但卻不失衛生乾淨，今天早餐的菜色豐盛：壽司卷、味噌湯、蘿蔔糕！（由於市場攤販相鄰，座位也共通共用，讓客人能方便入座享用各攤招牌料理）。享用完早餐，我們換上汽車，前往南安瀑布遊覽，此景點位於玉里鎮旁的卓溪鄉，卓溪鄉是山地原住民鄉，內有國家森林並與玉山國家公園接壤，風景秀麗，卻也讓大舅子的相機終於用乾電力，轉而向我們借用相機紀錄旅程。

抵達南安瀑布時，大舅子看水從天上來，令人讚嘆的壯麗，不覺凝望出神，連按下快門的速度都慢了半拍呢！再往下走，就是瓦拉米步道，也是八通關越嶺古道的一部分，大舅子遊興旺盛，選擇在步道口通車終點下車，逕自進去遊覽，我與內子因懼怕步道內的吊橋，沒有跟進他的腳步！

在大舅子於瓦拉米步道健走的時候，我與內子商討接下來的行程，敲定往南邊的富里鄉羅山村去欣賞羅山瀑布，商討完畢後，大舅子還沒從步道口出來，我看了看手錶，時間已經接近中午，他也進去了一個小時以上了，看著其他旅行團的九人座客車都準備離開，不免開始擔心大舅子是否在山中迷路？（這天是中元節）。幸好，在深山中，中華電信門號還收得到訊號，感恩科技的發達，終於聯繫上大舅子本人，繼續朝富里鄉羅山村前進，順便用午餐。

進入羅山村時，沿途可見許多民宿和有機田園，這是國家劃定的風景區，有名的料理是火山豆腐，這當然是我們享用的目標，幸運的是，在路邊遇見溫媽媽！溫媽媽的店是家頗有特色的老屋，屋旁有竹林，屋前有荷塘，用餐環境擺設也很古早，磚紅色圓桌和木質老書桌並陳，菜單也非常貼心的附上相片，方便客人做決定，我們選擇了：涼拌火山豆腐、白斬雞、炒野菜（不知名）、蘿蔔蛋、豆花，這餐不負所望，表現得非常優異，尤其火山豆腐的口感特殊，重擊我們三人的味蕾，大舅子吃得特別開心，連照相都忘記了！用完午餐，往羅山瀑布前進時，很可惜步道正在維修，我們只能到瀑布底下的池潭戲水，（戲水在那裏是被禁止的，遊興勝過守法的道德，不可取）。再來，到了最後的行程，轉頭向北走，前往北回歸線紀念碑與瑞穗牧場觀光。

在北迴歸線紀念碑時，遇見許多觀光客，大家都爭著要拍照，還有上洗手間解手，觀光客以陸籍人士為主，這也是花蓮主要景點的現況，不分平日假日，幾乎都見得到陸客，至於有沒有活絡經濟，這個可能要問政府囉！繼續向北，看見瑞穗牧場的乳牛們正抬起頭迎接觀光客用20元購買的牧草零食，或許是遊客多願意餵食的關係，這裡的乳牛看起來都特別肥美，至少比曾在台南安南區那邊見到的小牧場的牛隻肥上許多，入園不用門票，是瑞穗牧場最大的優點；附帶一提，這邊還有養鴕鳥，拍了幾張照片後，時間也到了下午5點，暗示該返航了……

今晚是玉里夜市的營業時間，我勸大舅子一定要來體驗一番，台南的夜市雖然是全省聞名，但玉里夜市也是別有風情，尤其是玉里夜市中的一品牛排，他們的豬排，可是鮮嫩多汁又沒有臊味，一份只消一張孫中山！說起這品珍饈，是我與內子每週必訪夜市消費的佳餚，大舅子聽完難掩興奮之情，急著往一品牛排移動；（說起一品牛排，這是由一對原住民老夫婦經營的夜市牛排攤，販售的排餐有：豬排、沙朗牛排、重量級牛排、牛小排、鐵板麵等，其中我最推薦豬排，價格與品質皆優異，並附上濃湯與紅茶，鐵板上搭配豬排的是玉里麵，醬料有蘑菇與黑胡椒兩種可供選擇，當然您也可以選擇綜合）。

我與內子看著大舅子俐落又迅速地切著豬排，並流暢的以叉子捲起玉里麵，一口接一口地送入口中，那個成就感真難以形容，相信廚師看到也會很開心吧！代表我們介紹的料理十分成功。今夜，是大舅子在玉里的最後一夜，明早大舅子就得搭火車回到故鄉台南，晚餐後我們逛了逛夜市，便送大舅子回旅館歇息。

最後一天的早晨，由於昨晚大舅子見識到鐵板上玉里麵的美味，我們帶著他繼續去市場吃早餐，這餐換成玉里麵，在玉里鎮菜市場的玉里麵最好吃的有阿蓮麵店和肉圓嫂兩間，這是我吃過最滿意的，這天適逢阿蓮麵店公休，我們往隔壁的肉圓嫂招呼，三碗麵，兩個乾的一個湯的，但是忘記加滷蛋！開始吃的時候才想到，不過想想，早餐吃碗麵也夠粗飽，所以也就沒追加了，一行三人稀哩呼嚕的把玉里麵吃得乾乾淨淨！

大舅子回到旅館，整理好行李，拜別旅館老闆娘後，我騎著一百CC老爺車送他去火車站，為這趟旅程劃下句點，途中他告訴我，他還要再來玉里鎮，回台南以後會告訴鄉親這裡的美好等等，聽得出來他真得很滿意這趟旅行；送別時，我站在月台剪票口，揮著手和大舅子說再見，並且用台語大聲的喊著：到厝寫批來！

《有荷》文學雜誌16期，2015/10/20

輯四、悄悄話

夜晚的體溫

黎明前的海灣，停泊著愛情號，你是船上的水手，你的刺青在夜空裡閃亮。

黃昏日落前，你拋下了船錨，向我討一首溫柔的晚安曲，另外遞給我一杯酒，那是你從船長室偷來的窖藏，你放在我的懷裡，還順手撥弄了我的裙襬，我醉了。

你的瞳孔裡，有我的倒影，在我的瞳孔裡放映……

你的刺青，在我眼前閃亮，印在我的心房，房門鎖就這樣被你破壞，記得關上，我不願意讓別人闖進來。

黎明時，你回去了愛情號，揚起帆，準備再次出航，我還在看著你，你也看著我……

我想告訴你：「拂袖，是我的權利，那不屬於你。」

《更生日報》副刊，2016/10/23

維珍妮——致遊藝場開分員女孩

如果，夜裡沒有燈，不妨點起你的light，再打幾個節拍，希望會亮了起來。

我不喜歡頭痛的感覺，那讓我想吐，我更不喜歡想你的感覺，那讓我想哭，我最不喜歡無未接來電的通話紀錄，那會讓我以為，我已被遺忘。

吸一口，吐一口，食中指與拇指的糾纏，還是會留下些不值一提的殘火……

那個男孩有一頭金髮，鼻子很尖，笑起來嘴巴會開開的，齒縫間有閃亮的光芒，好像有裝假牙，眼睛瞇瞇的，像歐爸那樣。

叮咚，自動門開啟時，他會遞給我Virginia。

其實，不需要星星月亮太陽，人也可以活著，活著的人，不需要星星月亮太陽。

叮咚，自動門開啟時，我會說：今天送三萬分。

誰，被我遺忘，我又被誰遺忘？

世界很窄，穿過門，就不一樣。

《中華日報》副刊，2016/04/29

擋不住的思念

陰暗的天空，灰色的雲朵，在日照稀薄的十月天，是好發憂鬱的秋季，霜降已在不遠處，這時，從深邃幽暗的隔離門內，傳出急促的腳步聲，沒有翅膀的天使們正呼喊著誰的姓名？

媽媽……我要去找媽媽，該往哪走？柏油路面的碎石刺得腳起了水泡，路樹沙沙的聲響指引了方向，在不遠的地方，還要再走幾步路，雙黃線是方向的指北針，沿途的街道指示牌正在招手，並低著頭說：加油！媽媽，你在哪？呼吸急促，大口大口的換氣，憑藉模糊的記憶，祈求精靈的指示，指示一條最快的捷徑！啊！耳畔響起熟悉的呼喚：我在這！我在這！別驚慌……沒有翅膀的天使們，正從後方趕來，他們在呼喊誰的姓名？

左轉，右轉，直走看到綠色的招牌，那裏可以找到你媽媽，善心的精靈們在空中盤旋，指示往這條三十米路走，紅綠燈正微笑著閃爍，不能停，不能停，快要到了，過了這個轉角就是了！就是了！

媽媽！媽媽！說好要一起吃晚餐的，您去哪了？沒有翅膀的天使們，已從後方追上，稀薄的日照顯得更幽暗了。

《中華日報》副刊，2015/12/13

在雨水中

在白天的雨水中，我能撐著傘藏在人群裡，人群裡沒有視線落在我身上，這樣讓我比較沒有壓力，同時，我也能靠在騎樓的牆上，看著往來的人收起又張開雨傘的節奏，直到雨水休息的時候。

在夜晚的雨水中，我不能撐著傘藏在人群裡，我只能低頭看著路面的積水上所折射出的霓虹，再抬頭看看街道兩邊店招牌的眼神，眨呀眨的，好像在問我的去向，要不要走進叮咚聲的歡迎光臨裡面？

事實上，我只能選擇撿起幾個舊紙箱，將它們折成一張床，鋪在騎樓底下，再向雨水求一點憐憫，讓我可以拾得在雨水中那尚未熄滅的菸蒂。

我眼睛裡看見的，只是匆匆的背影，這些都在雨水中。

雨停之前，我能享受自由，雨停之後，我必須戴上手銬腳鐐，我明白這是身為一個人的意義，至少這個觀念是透過路面上積水的折射中學來的，也是自身唯一值得驕傲的象徵。

愛你的溫柔

每天早晨，雖然我起得比巷尾的公雞晚一點，至少在啼聲吵醒你們以前，能夠去封住牠的嘴；隔壁庄的饅頭香飄過來之前，我已經放在家裡的餐桌上，我相信這樣可以彌補我無法出席的早餐會。

早上八點整，我必須要做好所有的準備，同仁們個個都會問我一聲早，我微笑點著頭，心裡面還是掛念著你們有沒有好好上學上班去，但是我也有活要幹，只能望著遠端，冀望我們一家都望著同樣的朝陽。

拖著除草機，提著拖把桶，當機關同仁們下班時，我要守著正門與側門，這時降下的鐵捲門還在與黃昏賽跑，看誰先到達海平面的終點線；偶爾，我會遇到值班與加班的同仁，他們會拍拍我的肩膀說：「家人重要。」

在家的時候，我比較沉默，我喜歡聽你們說故事，故事裡面沒有我也沒有關係，因為我一直在你們旁邊坐著，坐著的我聽著你們的談話，讓我覺得很滿足。

偶爾，我會偷偷請半天假，趁著你們忙碌時，送上一些小禮物；但是，我總是在連續假期的時候，接受加班的事由。

不能滿足的時候，我會在心裡計畫如何圓一樁美滿的藍圖，即使不能滿足。

《更生日報》副刊，2017/02/24

砲台與櫻花

鷹在山頂上俯瞰，這一樹紅色的山櫻，犬站在山腰上仰望，這一樹粉色的昭和，沿著步道走去，等著的是免戰牌，那裏還擱著兩座砲台，正燒著無言的引信，寫著繼續對立的歷史。

《更生日報》副刊，2016/07/21

願為一條溪流

我願為一條溪流，能擁有穿石之力，能穿過岩石、曠野，流向遠方；我願為一條溪流，能浚深信心，剖開一條道路，通往明天；我願為一條溪流，能濯時間之沙礫，圓潤其稜角，撫平歲月傷痕；我願為一條溪流，能砥礪江海之志向，豐富生命內涵，涵養萬物，流向世界。

《更生日報》副刊，2016/04/12

海線與送別

深藍與碧的漸層，吸引了目光也留住了鏡頭，不斷拍擊沿岸的是浪潮，潮水帶來了，也帶走了，留下的或許是個追憶吧？今天，我們走過的，看過的，只會留在相機的記憶卡裡成為供人翻閱的資料夾，還是能夠在無時無刻閒聊時談起的？

有時，我期待自己像海浪，能夠衝擊沿岸，能夠帶走岸上不想留下的；有時，我惋惜著海浪，忙著帶走一些，又忙著留下一些，還得面對有心人投放的消波塊。但有時，我也以為自己是海浪，能夠在激起的浪花中，與衝浪人合影。

今日，我們留下了誰？又送走了誰？

天空是藍色的時候，天空是灰色的時候，究竟是誰贏了又是誰輸了？風吹走的又是誰？喀擦喀擦的鏡頭，是否捕捉到了解答？深藍與碧的漸層，藏著什麼？

耳畔的風聲，吹奏著熟悉的曲調，拍擊沿岸的浪潮，帶走了又帶來了，一波一波的歸人與過客。

桌面，還有幾瓶酒，軟木塞躺在地板上，上頭還有一點點沒人注意到的香味。

輯五、紀州人

椅上藍天

抬頭看見在天空中飛翔的，是你的身影，天空有你的足跡，降落的時候，你總會告訴我，那樣美好的風景，是由什麼元素所組成的；你總是一個人飛，飛得很高很遠，你說在飛翔的時候，看得見自己與天空平行。

坐在駕駛座上的你常說：「我的方向由自己決定！」當做好最後準備以後，你點燃動力，朝向天空出發！先是抬頭，再來將視線朝向水平，直視前方，空中沒有紅綠燈，沒有干擾，我看著你臉上帶著燦爛的笑容，越飛越高越遠；我一直努力做個稱職的後勤人員，協助你的飛行任務。

雲的上頭，你說是一望無際的藍，那是天空真正的顏色，不像我們站在地面上看見的；我笑著點點頭，因為你熱愛獨自飛行，所以不願意讓我陪著你飛，我只能在地上替你做最好的準備，看著你飛，聽著你說的美。

直到天黑的時候，你才勉強降落，因為黑夜裡的視線不好，雖然看得見星星，但惟有日出與日落，才能吸引你的注意力；替你換下裝備，我們走進餐廳，一起用餐，桌上放著牛奶，你說這是飛行的恩惠！可是，你出正式任務的時候，已經是在多年以前了，桌上的牛奶，是我替你擺上的，我把這個祕密放在心裡，沒有告訴你；你的帽子，還掛在有歷史的帽架上，帽架上仍一塵不染。

每天，你都堅持要去飛行，除非遇上刮風下雨，才不情願的端坐在房間裡，癡癡的看著窗外，期待著雨後的彩虹，彩虹也是你鍾愛的風景，你說過在天空裡，你與彩虹平行，一起飛翔，順著弧度，你也能畫出七彩的光芒；站在地上的我確實看見這樣的奇蹟。

天上的飛鳥，仰望著你的英姿，你在雲端睥睨地上的一切，這是你最驕傲的成就，這是必須經過重重的考驗，才能夠見到的景色，而飛行的任務或許是溫習這熟悉的，熟悉的還有天空的顏色。

我站在地上，看著天上的太陽，太陽底下看得見你的影子，我的視線追著你的足跡，在你的後頭奔跑，我好像追風箏的孩子，但卻有種不同的感動在心頭，這是因為我見到你驕傲的神采跟著風飛揚了起來。

後來，你選在艷陽高照的晴天決定，要飛到更高更遠的地方，但是目的地離太陽太近，空氣過度稀薄，所以我替你戴上墨鏡，替你戴上呼吸器，並蹲下來對你說：「這次請讓我陪你一起飛，直到視線與天空平行的時刻，直到超越這樣的時刻，我會一直在你的後頭陪伴著你，陪伴著你一同複習這個世界的風光。」。

發胖的日曆

昨天，我數著星星，星星卻墜落了，是否我也該了解，塵世上沒有永恆的存在？即便是恆星，也有殞落之時；今天生效的辭職簽呈，簽呈上寫著「自由」，「自由」的空氣並沒有芬芳，日出日落，地球還是照樣公轉自轉，變調的是自己的日子。

走到浴室，看著洗衣籃內的衣服，自由的第一天，就從做家事開始，洗衣機的水聲嘩啦啦，白頭翁的叫聲啾啾啾，我看著陽台的鐵窗，才發現原來我還被綁住，住在鋼筋水泥砌成的永久屋裡，裡面的地板有點灰，還是拿起拖把清一下；下一步在哪？

看了看手錶，時間已近正午，家事已收攏，該出門去買便餐，我手裡抓著鑰匙，拿了安全帽，要開大門時卻有些猶豫：「今天是平日，我該怎麼出門？沒人知道我離職，離職的消息該說給大家聽嗎？」我的腳，被問號絆倒了。

餓了，時間已近黃昏，鑰匙還擱在客廳的桌上，安全帽還放在鞋櫃上，我還是沒出門，因為今天是平日，出門會遇到鄰居，鄰居會問我怎麼沒上班？是不是休假？還會順口多說幾句公務員的福利好，再補一句：「現在還有國旅卡嗎？」跺了跺腳，大門卻開起來了。

「今天沒出門喔？」

「沒有，整理家裡，順便做了幾樣失敗的菜，中午吃掉了……。」

太太問著我，我只能說謊，謊言是善意的面紗，她下班回來了，也代表我能出去了，晚餐成了今天的第一餐，自由或許是飢餓的開始；一碗陽春麵、兩顆滷蛋、海帶配豆干，在巷口的麵館，我和太太坐在矮凳子上面對空心桌上的小吃，聊了一下她今天的工作，沒有談我下一步的計畫，計畫還在夜空裡閃亮，閃亮的下墜；這時我發現，店家的滷味忘記加熱，陽春麵的湯頭有點鹹，太太的臉有些沉。

躺在床上，我看著天花板，再轉頭看了一下太太的睡臉，臉上寫著：「你的下一步在哪裡？」，趕緊把頭轉回來，問自己：「辭職時想創業，創業計畫卻因為構思不力而撤回，該怎麼辦？亂了，明天去擲筊吧！」

「土地公阿！弟子……笑杯……無杯……」

唉，擲無筊，抽無籤，難道沒路可以走了嗎？換個方式問一下：「土地公阿！弟子是否要回頭再去考公職阿？……允杯！」天意奈何，奈何天意如此，此路當我行？我行此路通嗎？問號鉗住了我的手。

「哎呀！今天休假啊？我當管理員的人就沒有你們公務員好！我也要我兒子去考公務人員呢！以後還要請教你怎麼讀書，才能像你一樣順利考取……」

「沒有啦……其實今天是補假啦！不是休假，先前颱風來襲的時候，有去值夜班，所以有一天補休，半年內要用完……。」

與大樓管理員先生的對話，讓我冷汗直冒，冒出來的還有膽怯，膽怯的是我的真心話說不出口，說不出口：「我辭職了，我是非現職公務人員！」這下，我感覺到我的心臟被驚嘆號刺穿了，眼前一片黑，黑暗籠罩了我的世界。

世界沒有了光，在得到自由以後，眼前是黑暗的，光線似乎都跑到我的身後，留在過去的那段時光，除了公務員以外，我曾經想創業，那時候的日子裡有光，光灑在每個曾經閃過的念頭上，讓我感覺世界是美好的，處處都有希望，希望能夠實現，於是我大膽地辭去職務，以得到自由，自由卻帶給我現實的真相：「飢餓與恐懼……」

上超商找了幾瓶啤酒，酒精的顏色是透明的，加上麥子的顏色，成了黃色的，像是液體的黃金，能夠讓我圓一場淘金夢，夢中的世界很美，我擁有自己的事業，不用替誰做事，看誰臉色，這才是真正的自由！只是我看見在夢境裡，有人對著我搖頭，搖頭的人還是我自己！酒精的顏色是透明的，透明的無法掩蓋現實的真相；如果，有一片土地，能夠容納我的夢，該有多好？

那年在寒窗下讀書的日子，究竟換來些什麼？那些在似海公門裡沉潛的日子，究竟得到些什麼？啤酒也成了鹹的，苦澀跑進了心裡，腸胃裡裝著惱人的脹氣，上超商買得的夢境，竟變成酸的。心跳依舊，脈搏卻摸不到旋律，因為少了曲子嗎？躺在椅子上，天花板上的吊燈刺著我的眼睛，忽然被不由自主的呼吸驚醒。

驚醒了記憶，求學的日子裡，有一年，我曾在一個很特別的地方讀書，並從事許多孩提時沒想過的工作，那個地方，有我的青春和我的夢。回去？回去那塊土地，或許能找到一線生機，是嗎？問號勾起了游移的不定。恍惚了幾日，身旁的耳語不斷，絮叨的是未來，掛念的是過去，現在如泥沼一般，糾纏我的身軀，心也爬滿了常春藤，常春藤遮住了心的出口；口中訴說的是：「悔恨！」。我處在夾縫裡，像被壓扁的稻桿，難以恢復原形。

土地上曾經有過我的足跡，而如今，我忘了當初未完成的夢，走向截然不同的方向，這是我唯一記得的，至少在這樣的時空裡，這是唯一沒有被拿走的盼望，我決定再度嘗試與這個世界連結，為找到那張尚未完成的拼圖，放棄這片曾完成的版圖，版圖已化成雲煙，恍惚了幾日。

站在夢土上，伸出雙手捧了一把，卻在瞬間成了灰燼，灰燼裡還有我的過去，曾經完成的事情，驚醒了恍惚的幾日，幾日前我掛冠求去，幾日後的擲筊，推測我的方向，方向來自過去曾經完成的事情，因為這些累積成我的現狀，雙手的腕力漸漸回暖，手裡的凍瘡開始脫痂；幾日後，再仰望天空，天空的顏色又開始變化，化成我的想望，望著曾有的，盤算著將有的，再將視線轉移至腳下的土地，我站得牢牢的，或許，我該回到求學時想留下卻未能留下的那片理想之上。

翻著書本，像回到過去，我坐在書桌前，接受背影的嘲諷，坦然的背對這個世界；我開始願意出門，出門也願意對人微笑，笑著的我迎著對面的偽善，我知道他們在談論我的事，談論這個前晚尚在失意買醉的非現職公務人員，街坊的耳語，很快地傳遍，像流行性感冒。

哈啾，看來我也不小心被傳染了，未闔上的書頁站立了起來，文字開始脫軌，調整好原有的序列時，我已經坐在考場內了，這時候早已不曉得是第幾節科目開考，我看著試卷，讓右手的墨水盡情的宣洩，宣洩這段時日的一切，心裡開了張口，仔細地述說這段歷程，直到鐘響。

步出考場時，天是藍色的，點綴幾片雲朵，風吹著榕樹，樹梢有幾隻小鳥正啾啾，摸了一下口袋裡的手機撥電話給計程車行，沒人接，穿過馬路，有台計程車正停在路邊，老闆正在抽菸，揮手示意以後，上了車，到火車站。

「總共一百四十元。」

「給您一百五十元，不用找錢，感謝你幫忙，載我到車站。」

老闆這時露出了微笑，還祝我榜上有名，他的嘴型像張滿弦的弓，射出了一支箭，直挺挺的插在我的心窩，窩心的安慰我的盼望，或許他不知道，這樣簡短的詞語，像一泓清泉傾瀉在我心底的荒田。

坐在火車上，搖動的車廂，像我的忐忑，看著窗外，外頭的景物迅速的朝向後方退卻，坐在椅子上的我，正在前進，偶然，路過一個停靠站，我正想轉頭觀望時，視線卻隨即被行駛中的列車帶走，眼裡僅剩模糊的光影，我知道這是時間的流逝。

推開門，大廳沒人注意到我的身影，包含那位正在打盹的管理員，我把腳步放輕，迅速穿越這個空間，拿起鑰匙，放進叫做「家」的鎖孔，迎來的是種不安，不安的是等待的焦慮，焦慮的是不確定的未來；太太沒有開口問我的表現，只有告訴我說：「辛苦了！早點休息！」我微微地笑了，像那位計程車老闆一樣的嘴型，不曉得我的弓箭有無射進我太太的心裡，登時，我有種解凍的錯覺。是的，我相信這是錯覺，因為結果還不明朗，不明朗的還有時晴時雨的天氣，在家裡。

日曆一張張被撕下，數著假期的紅字，又數著平日的黑字，時鐘的指針反覆的奔跑，從右至左循環著，像我讀過的書籍，一頁一頁的，從右至左的翻閱研讀，像這樣的日子，我坐在書桌前，背對這個世界，世界在身後跟隨我的背影，雖然背影遮蔽了日照，我還是能伸手點亮桌前的檯燈，光仍是能來到我面前閃耀。

數日子的過程，是漫長的，可也是飛躍的，心音澎湃的聲響，訴盡了不安的愁緒，遞出顫抖的指尖，按下滑鼠的左鍵，視窗彈了出來，手機與家用電話鈴聲同時響起的心事，在這一刻變成歷史；掛在牆上的日曆，也開始有了厚度……

阿姨告訴我的故事

我走在熟悉的方向，向著轉角過去，那裏有熟悉的身影，在敞開的鐵捲門內，裏頭聽得見電視的聲音，看得見留有一頭白髮的叔叔，正專心的挑龍鬚菜，一旁的電視在播些什麼節目，他似乎不曾注意過。直到我問了聲：「阿姨在嗎？」叔叔才抬頭慢慢地說：「去補貨！」拉了張椅子，坐在叔叔旁邊，陪他挑龍鬚菜，神情專注的他突然問起我今年結婚第幾年，我看著日曆，算算今年是第三年，叔叔笑著從皮夾裡掏出一張舊照片，喜孜孜地拿給我看，並驕傲的說：「三十年前拍的！」

這張照片裡有一對男女，兩人堅定的望著遠方，而不是望著鏡頭，不是望著鏡頭讓我感到意外，正要追問的時候，阿姨從外面回來了，叔叔這時低聲說：「大美女回來了！」阿姨戴著墨鏡，騎著電動車，車把手、車籃子、車後座綁滿了蔬菜水果及魚肉類，阿姨的頭髮被風吹得高高的。叔叔看著阿姨，阿姨只淡淡地說：「來幫忙卸貨。」聽到這句，我們一起上前，一個拿蔬菜，一個拿肉類，一個開冰箱，這時候電話鈴響了，沒有人有空接電話，就讓電話響吧；最後，拗不過電話鈴聲，叔叔才慢條斯理的起身接電話，拿起桌上的紙筆，開始記下客人的點單；阿姨走向前台，拿起抹布鋪在工作檯上，放下砧板，抄起菜刀，這時是午前十一點鐘，我站在一旁，看著還有哪邊需要幫忙，順便告訴阿姨我今天天想吃的菜單。

阿姨站在爐邊，一下子炒菜一下子舀湯，湯鍋炒鍋交手了不曉得幾個回合，我和叔叔在旁邊盛飯、裝麵、包裝，忙了好一陣子，實在忙不過來的時候，阿姨才走到店裡，對著通往二樓的樓梯喊著大小姐的名字，喊了幾聲以後，大小姐從樓上緩緩走下來，往爐台邊一站，協助處理訂單，我看著她們母女兩人的背影合在一起，叔叔還是繼續盛飯，遞送調味料給二位大廚。

平日在晚餐的時間，可以看到下班回家的小老闆，而在週末假日的時候，才能看到小小姐，或許在週末的晚間，才能夠看到叔叔與阿姨一家人全員到齊的樣子，在平日的午間，各自忙碌著，忙碌著日常。今天我去店裡的時間比較早，沒遇到叔叔，只看到阿姨，阿姨告訴我叔叔去老家餵雞；我記得叔叔去餵雞的老家，旁邊有條早已乾涸的溪流，叔叔老家那裏有部分是和國有財產署承租，有部分是河川浮覆地，地方不小，蓋著木頭搭建的房子，裡面有好多照片，牆上還掛著一張土地登記專業代理人的證書，客廳裡有張辦公桌，旁邊的鐵櫃裡躺著卷宗，卷宗裡有過去的影像，像叔叔的背影。

阿姨在店裡切著菜，菜整齊的往同一個方向躺下，伴隨著輕快的節奏，像聽一首歌的享受，我站在旁邊靜靜的欣賞，這時阿姨開始說她早年時候的生活：「童年是跟著父母親做菜，從家裏面做到餐廳又做到宴席，拿著觀光簽證到台灣以後，先到工廠工作，連一句中文都不會講，就這樣在廠房裡面吃住了好幾年；每天吃早餐的時候，只敢到工廠隔壁的早餐店用手指指，指的通常是同一樣「蛋餅」，有一天聽到別人說「漢堡」，在私底下反覆練習了好多次後，才終於吃到不一樣的早點。而認識叔叔的時候是緣分，緣分到了的時候，也很巧合地被警察逮到，準備被遣返，當時不想回國，想留在台灣落地生根，透過朋友介紹認識叔叔，兩人見了一次面，就這樣定了下來，一晃眼就過了三十年。」阿姨的口袋裡也放著相同的照片，我看著她從口袋裡掏出來給我看，那是和叔叔的合照，兩人堅定地看著遠方。阿姨接著說：「我們剛結婚的時候，住的是大房子，不用去上班，每天跟著叔叔去遊山玩水，遊山玩水的工作是測量，也兼著做代書，常常幫叔叔送件，那時候還要去應酬，什麼好吃的東西沒有吃過？」阿姨說著過去的故事，繼續切著菜。

叔叔正從外頭回來，手上拎了隻大公雞，他說這是要宅配給人的，隨後就往後頭去燒開水，阿姨還是低著頭切菜，我的視線周旋在兩個人之間，喉頭好像有話想說，卻又吞了進去。我把這些印象裝進心裡，想起當時去叔叔阿姨老家參觀的時候，那時候是冬天，要去老家得朝著秀姑巒溪的堤防方向走，那附近有幾塊田，田間開滿了油菜花，黃澄澄的一片，像作夢一樣的美，只是叔叔常說阿姨不喜歡這裡，因為太苦了；叔叔帶我進屋參觀的時候，我看見房間裡的床仍鋪著好好的，好像昨天還有人住在這裡，但衣櫃是空蕩蕩的，床邊的儲物箱放滿了照片夾，裏頭看得見過去的日子，那時候全家的合照裡有五張笑臉，三個小的兩個大的，而現在是三個大的兩個老的。

他們家的日子裡面缺少的詞彙，是「如果」，我在阿姨的嘴裡沒有聽見過，在叔叔的嘴裡也沒有聽見過，不管是怎樣的日出，如何的日落，日復一日的守著這個店面，這個家的感覺，這是我站在旁邊，看見的故事。我喜歡收集他們家的畫面，放到我的記憶裡面，不斷重複地播放，對我來說，欣賞這樣的故事是很感動的一件事，故事的開頭，是阿姨隻身從異國他鄉前來遙遠的台灣，叔叔隻身等待緣分，緣分只有一面，一面決定了一輩子，沒有改變過，不管生活如何，辛苦或是富足，全家人的手都緊密的牽在一起，從一開始的擁抱，到現在的同心圓，這是美麗的旅程，美麗的印象。

阿姨有時候會嘮叨幾句說：「當年叔叔生重病，為了治病只好賣掉剛過戶的房子，那棟房子花了很多錢裝潢，本來以為還買得回來，誰曉得之後再也沒有機會，那時候也是可惜過，但是日子還是要過……」，阿姨的嘴裡動著，眼裡看著砧板上的蘿蔔，左手固定右手手起刀落的整齊節奏，絲毫沒有紊亂，在此之前，我已經聽了幾次阿姨相同的嘮叨，這次我鼓起勇氣對阿姨說：「阿姨的錢都存在小孩子身上了。」聽見這句回答的阿姨，臉上充滿了微笑，笑著問我說：「你怎麼知道？」其實，我知道的事情還不少，大小姐為了準備護理師執照考試，離開了服務的醫院，醫院新制規定必須要有護理師執照才能執業，小老闆為了充實，回到學校讀書，現在正在準備畢業考試，小小姐則是就讀最後一學期的護理系，三名子女各自有各自的目標在奮鬥，為了自己，同時也為了家人，因為達成目標以後，就能夠賺錢了，這是為了這個家，為了攜手的盼望，正如阿姨與叔叔的目標：「為了幸福，為了家。」

晨昏起落之間，爐檯上的抽風機呼嘯著，炒鍋熱烈地翻轉，盤子一個一個的排隊出入，小吃店忙起來就是這樣的風景，客人或坐在店裡，或站在爐台邊等候，叔叔阿姨不忙的時候會招呼客人，忙起來的時候招呼客人的任務就會交給旁邊的熟客，像我。阿姨一家的晚餐通常都在打烊以後，小老闆通常吃得比較趕，因為在忙碌課業之餘還要外出上工；這時候阿姨都會下一碗海鮮麵，讓小老闆吃了再走，不管上班的時間有多趕，依舊堅持著吃完再走，不管下班時候有多累，還是要吃完再休息。

由於我經常站在阿姨的旁邊，看著她做菜，空閒的時候我也會去客串一下，阿姨的客人常以為我是他們的女婿，這讓我靦腆了起來，事實真相是這樣：「我只是個常客，常常去阿姨家買東西吃的常客。」可是，這樣的日子，僅僅持續了大半年。今年的農曆春節過後，國曆三月份時，我接到了一份工作，工作要跑到山的另一頭，我向阿姨報告這個消息的時候，阿姨告訴我要好好做，我回答阿姨說這次要換我請阿姨吃飯，她只是笑著說不用；此後，本來每週至少一到五見面的彼此，後來變成只在週休二日時見面，但是，阿姨的故事，還在燃燒！工作以後，平日只能拜託內子幫忙買回阿姨的料理，因為通勤返家時，已經接近小吃店打烊的時間，每當我吃到她的料理時，我都會想起阿姨站在爐台邊的樣子，還有叔叔在一旁幫忙招呼的樣子，以及兩人絕佳的默契和偶爾稍微鬥鬥嘴的甜蜜。

星期五下班後，我騎著速克達，從山的那頭回來山的這頭，太陽朝我走的方向緩緩地西沉，我追著日落，抵達時，發現小吃店的燈沒有亮，這時，我的手機正好傳來了叮咚的聲音，低頭滑開螢幕，發現有新的訊息進來，原來是阿姨傳給我的，訊息上寫著：「我們今天休息，全家一起去參加小小姐的畢業典禮，下禮拜一回來開店，週末愉快！」。隨後還附加一張照片給我，這張是全家福的照片：小小姐穿著學士服站在中間，阿姨與叔叔在旁邊牽著她的手，而大小姐與小老闆分別站在左右後側邊，全家人一齊看著遠方，沒有看著鏡頭，我想這或許就是這一家人的溫馨吧！總是望著遠方，望著同樣的方向，堅定的往前走。

下一個星期五，我來到小吃店，爐台的火焰依舊逼人，小吃店的燈亮著，阿姨正在處理一條活魚，叔叔在另一邊切蔥段，我喊了聲，他們看見是我都笑了，我也笑了，只是這次沒看見大小姐的身影，問了一下才知道大小姐已經回醫院工作了，現在是跟醫師門診，可以見紅就放，雖然薪水少一點，但笑容變多了，小老闆這時剛從外頭回來，這次是下班，不是下課，和小小姐同時完成學業，只是小小姐是順順利利的走完，小老闆拐了個彎，不過，終點是相同的：「幸福」。

阿姨還有個心願，她偷偷地跟我說：「想要存錢買房子，目前的店面是租的，每個月要繳租金；現在，終於盼到子女畢業的時候，可以開始存點錢買房子，小孩大了，也需要自己的空間，至少他們工作回來的時候，能有大一點的私人空間，至少她們出嫁以後，回娘家探親的時候有個房間可以住，至少娶媳婦的時候，有間新房，至少我們兩個老的，拌嘴的時候，有個房間可以分開睡一晚冷靜冷靜……。」

《更生日報》副刊，2017.04.26（1/2）.27（2/2）

叮嚀

站在提款機前，看著螢幕，聽著語音訊息，手指按了按，鈔票從我眼前吐出來，但可惜這是記帳的，我必須要盤算這個月的需用；轉身以後，我撥了電話給房東阿姨。

「阿姨，我要繳房租，我是住二樓的……。」

「這個月你先交給……我出車禍，現在在花蓮休養……。」

掛上電話，心裡免不了著急，房東阿姨有歲數了，不曉得在哪裡發生的意外，但也只能照著他的囑咐，去別的地方付房租，順便探探她的病況。

「阿姨她怎麼了嗎……。」

「聽說她騎車到一半暈眩摔倒，所以才住進了骨科病房，剛開完刀……。」

過了好些日子，我再次撥給房東阿姨，詢問她的近況，話筒那端的聲音聽起來比繳房租時來得有力量多了，這時我才放下心，畢竟能夠在這裡居住，也是靠著她的慈心，想想當時我剛來的時候，連工作都還沒有個穩定的著落……但是她卻願意讓我這樣的出外人有個落腳之處。

「阿姨，我的電費還沒有繳給您，我晚一點過去方便嗎？」

「可以啊，我現回到家裡面了……。」

掛上電話，往房東阿姨家前進，進門時，看見阿姨扶著助行器，一步一步緩緩地走向客廳，這是我第一次看見房東阿姨這樣的身影，平時她總是充滿活力的騎著她的五十CC機車四處趴趴走。

「最近好嗎？新的工作應該都適應了吧？」

聽見房東阿姨的問候，我笑著點點頭。

「醫生說我不能走路，要走路也要扶著助行器，還要扶三個月才能停，這讓我悶死了，想當初年輕時，這裡走那裏跑，誰知道我走過多少個地方？為了生活，第一次做生意的時候……。」

房東阿姨這時開始告訴我當年她第一次做生意的時候，連怎麼樣與客人交陪都不懂的事情，賣不出去的時候，都在家裡面哭，哭得老闆都笑她做生意做到哭，但是基於不服輸的態度，才又一庄跑過一庄，騎著腳踏車載著貨，才慢慢打開市場。

「吃頭路也是一樣，像做生意一樣；今天，我們出外，我們的嘴巴就要好，不要學人家派頭，人家會不理我們，這樣就做不到生意，人家也不願意告訴你工作要怎麼做，不要以為書本上的東西怎麼樣，我做生意也是幾十年的經驗累積，才磨出來，應對進退……。」

「還有阿，年輕人一定不可以有身段，要多聽、多學、嘴巴要好，人家才願意教你、接納你，就像我當初剛開始做生意時那樣，這個道理不會因為時代而改變的，對否？」

《中華日報》副刊，2017.02.15

學長

民國九十年七月，臺灣舉行最後一次大學聯考，那年，我落榜了。落榜以後，沒有進重考班，而是躲在家裡面玩「天堂網路遊戲」，在不想高中畢業就跑去當兵的無奈下，選擇進入夜大就讀。

夜大的日子裡，印象最深刻的是吃喝玩樂，雖然口袋裡沒有多少錢，但是總是能讓自己愜意的舒服過，晃著晃著又到了畢業季，當時遇到前總統縮短役期的政策，從一年十個月的役期，縮短到一年六個月，但我還是嫌太久，所以興起了升學的念頭，不過，我決定得太晚，剩下母校的碩士班來得及報名，而且我四年下來都沒有念書，這樣的我，硬著頭皮抓起教科書狂K了幾個月，還是僥倖備取遞補入學了，這是我高中畢業後第一次就讀日間部。

碩士班開學前，心裡面免不了驚惶，因為在母校，每個教授都知道我是在夜間部的年輕人，對照夜間部的同學們，他們各個成熟穩重兼事業有成，而我只是個大學聯考落榜來就讀的小孩子，而且，教授都知道我這個學生滿混的。在這樣的情形之下，我透過熟悉的網路，期待能夠找到碩士班的學長姐的聯絡方式，以便請求協助。

一番努力過後，我在奇摩家族裡看到碩士班學長開設的家族，順手加了他即時通，便開始請教他關於碩士班的種種，還約了時間碰面，碰面的時間，記得是晚上十點鐘，夜間部下課的時間，地點在學校旁邊全家超商門口，那時候，學長帶著酒氣過來碰面，我帶著菸味過去赴約。

在菸酒的交流過程中，學長教給我寫作論文的訣竅，還有推薦我一定要去拜師的指導教授，最後終於拜在同位恩師門下，meeting、修課、出遊、研究；記得那時候，對碩士論文最熱烈的激辯，是在某家海產店的桌面上，對著啤酒、香菸、螃蟹、生魚片……

然而，碩士班的日子很短暫，即便前一天晚上在海產店戰到天亮，即便前一天晚上在書桌前戰到天亮，還是要準時去上課，去meeting，為了補足四年的空白，好順利銜接碩士班的課程，我也下了很大的功夫，經常讀書讀到流鼻血。

後來，學長畢業光榮入伍時，在懇親會的當天我跑去看了他，他瀟灑的長髮沒了，變成三分平頭，自信的神采也黯淡不少，這時，我還有約一年要畢業，碩士論文大致完成。

最後一學期開課沒多久，同班同學報考了幾家國立大學的博士班，我看著他志得意滿的神情，很是羡慕，雖然我自己只是半路出師，但是在學長的提攜之下，我也具備了獨立研究的能耐，於是我厚著臉皮請指導教授幫忙寫推薦函，跟著報考博士班的入學考試。

第一階段筆試放榜的時候，我錄取了，得到進入第二階段口試的資格，那時候我興奮的打電話告訴學長這個好消息，他很開心的說恭喜，但是因為他正在巡防士的位子上，沒辦法說太久；到了見面時，我已經拿到國立大學博士班的入學許可了。

回想起來，人生的路對我而言還不算漫長，遇見的人事物也不算繽紛多彩，但在關鍵的時候，十字路口上的時候，遇到一個願意支持自己的人，是十分幸運的事情，如果當初，沒有認識學長，我也不知道自己會在哪裡。

如果沒有認識學長，或許「紀州人」僅僅是來自日本和歌山縣的人的意義而已。

《人間福報》副刊，2016.12.21

國家圖書館出版品預行編目資料

蜉蝣人之歌／ 紀州人 著
--初版-- 臺北市：博客思出版事業網：2017.05
ISBN：978-986-94508-5-0（平裝）

855　　106005624

蜉蝣人之歌

作　　者：紀州人
編　　輯：塗宇樵
美　　編：塗宇樵
封面設計：塗宇樵
出 版 者：博客思出版事業網
發　　行：博客思出版事業網
地　　址：台北市中正區重慶南路1段121號8樓之14
電　　話：（02）2331-1675 或（02）2311-1691
傳　　真：（02）2832-6225
E—MAIL：books5w@gmail.com或books5w@yahoo.com.tw
網路書店：http://bookstv.com.tw/、http://store.pchome.com.tw/yesbooks/
http://www.5w.com.tw、華文網路書店、三民書局
博客來網路書店 http：//www.books.com.tw
總 經 銷：聯合發行股份有限公司
電　　話：（02）2917-8022　傳 真：（02）2915-7212
劃撥戶名：蘭臺出版社　帳號：18995335
香港代理：香港聯合零售有限公司
地　　址：香港新界大蒲汀麗路３６號中華商務印刷大樓
C&C Building, ３６,Ting, Lai, Road, Tai,Po, New,Territories
電　　話：（852）2150-2100　傳真：（852）2356-0735
總 經 銷：廈門外圖集團有限公司
地　　址：廈門市湖裡區悅華路８號４樓
電　　話：86-592-2230177　傳 真：86-592-5365089
出版日期：2017年05月 初版
定　　價：新臺幣250元整（平裝）
I S B N ：978-986-94508-5-0